聽你歲月如

佐緒 著

推薦序

一片喧鬧活潑、綠意盎然的校園裡，貝雅瑜和孟景涵那淡雅卻純粹的感情，在歌聲中悄然萌芽……

剛開始閱讀這個故事時，我以為它單純只是一段女老師與男性網路歌手之間的都會愛情篇章，但很快地我就發覺：這個故事遠比我想像得還要精采。

我想，這是由於佐緒在《聽你歲月如輕歌》這部作品當中，同時融合了好幾種元素，使這個故事充滿了吸引人的特質。

例如，擁有溫潤嗓音的孟景涵，他的存在能夠滿足有著「聲控」傾向的讀者們，而他那淡雅卻深情的氣質，以及和女主角之間的曖昧流轉，讓我也總忍不住小鹿亂撞，重新燃起一顆鮮活的少女心。

當然，這故事遠不止如此，它還融合了更多豐富的情節，守候的癡情之人、管教態度古怪且令人匪夷所思的父母（每次在這故事裡讀到關於父母的情節，我胸口就燃起一把無名火）、堪稱最強助攻的綠葉配角……等。

甚至是——懸疑愛情。

沒錯，懸疑正是《聽你歲月如輕歌》中最令人驚喜的地方了！我就不多做敘述，希望手捧此書的你，能夠親自體會佐緒為這故事營造的井然層次、享受這故事的驚奇之處。

故事末段，貝雅瑜和孟景涵在經歷諸多風浪後，令人想起「歲月靜好」四字，那樣平淡，卻又那樣慶幸而真實。

他們之間的愛情，大概就如同書名所說的——歲月如輕歌。即使歲月帶給他們風雨和磨難，卻也無須言說，只要牽起彼此的手，便能讓悲傷化作輕歌，輕巧悠揚……

文藝微痛系少女作家·沾零

Contents

第一章：君子寡淡

貝雅瑜抬手，將擋到視線的髮絲勾至耳後，露出白皙精緻的側臉。

她收拾完辦公桌，將班級上的考卷盤點過一次，確定沒有任何學生缺交，才整齊的放入資料夾。

「老師不先改好嗎？」一旁的同事正翹腳啃著洋芋片，口齒不清的奇道：「之前從來沒看過妳把事情放到隔一天做呢！」

貝雅瑜回以淺淺的笑，抬了下資料夾：「今天跟人有約，打算留到回家後再改。」

同事見她已經把包拎起來，知道是在趕時間，揮了揮手：「好好加油，別因為應酬把身體熬壞了！」

剛到嘴邊的「不是應酬」，貝雅瑜感到喉嚨生硬的哽了下，有些苦澀。

她沒糾正對方，只輕輕點頭，便離開了辦公室，走廊上迴盪著高跟鞋清脆的聲響，她下意識朝外面樓下一看。

天色已逐漸浮現出黃昏的彩霞，從雲朵間滲透出來，照得操場上影影綽綽的人們透出迷離的味道。

貝雅瑜走下樓梯時聽見一道歌聲，是從遠方傳來的，聽不太真切，悠揚在空中，模模糊糊的，竟有股出塵風韻。

聲音在耳邊迴盪著，貝雅瑜原本有些急躁起來的心情，緩緩的平和下來。

她僅僅一時出神，之後很快重新邁開步伐，唇角不由得帶了笑。

這道歌聲時常出現於校園內，可每當人們聽著正起勁時，又會悄然消失。貝雅瑜到那時總會惋惜的想：「這個人一定非常喜愛音樂，只是天天勤勞練唱，總也有該回家休息的時刻。」

該如何形容他的聲音呢？貝雅瑜覺得，大多的形容詞都不夠合適，她目前能想到的，只有——雅緻溫潤。像清泉般的男音，總能神奇的令人忘卻所有煩惱。

#

夜幕低垂，風微涼。

車輛筆直駛行著，窗外景物不斷的倒退消逝，周而復始，形成一道接一道光怪陸離的流影。

停放在一棟公寓下，貝雅瑜拎起包上樓了，一邊開啟手機，找到那叫「裘冠博」的聯絡人撥打過去。

嘟嘟聲只響了幾秒，對方很快掛斷了來電。

貝雅瑜皺了下眉，放下手機，正好邁過走廊拐角，眼前的門突然開啟。

裘冠博推開門從裡頭走出來，穿著一身輕便的家居服，身材頎長，眉清目秀，笑吟吟的朝她晃了晃手機：「小瑜，妳終於來了。」

「抱歉，剛上完課。」她也朝他笑了笑，之後逕自走進房內。

裘冠博的肩膀與她的擦肩而過，不由得嘴巴一抿，想了想仍是沒有開口。

「想跟我說什麼？」貝雅瑜正好瞥見他欲言又止的模樣，心中不禁有些好笑。要求她收拾爛攤子時，他總是露出這副猶豫不決的表情，這次八成又闖了什麼禍。

他這大男人啊，雖然掛著男友的名義，實則更像弟弟些。

裘冠博臉色有些為難，躑躅了下，終於開口：「其實我很早就想跟妳提了，但是怕妳會傷心。」

「再糟的事情你以前說過不少，嚇不到我的。」貝雅瑜失笑，遞過一袋小籠包子：「剛才順路買來的，不知道合不合胃口，你邊說邊吃吧。」

裘冠博盯著她提著袋子纖長的手指，一時之間，胸口忽然有些發悶。

他遲遲沒有接下，這有些反常，貝雅瑜不由得正正臉色，將袋子放在桌上：「什麼事？」

裘冠博沉默一會，低聲說：「我想跟妳分手。」

貝雅瑜當場愣住了。

「妳太完美了，我總覺得跟妳站在一起都顯得格格不入。」裘冠博認真的盯著她的雙眸，一字一句清晰地講出來，「但重點是妳也沒有喜歡我的意思，總是把我當弟弟照顧，讓我覺得自己一無是處。」

天花板上的燈光有些刺目，令人看不清楚他的表情。

這是第一次在他面前，貝雅瑜被堵得啞口無言。

對於貝雅瑜無疑是個極大的打擊，複雜的思緒不斷的在腦內交織蔓延，眼前猛然一黑，四周景物彷彿皆被吞沒。

她穩了穩心神，視線筆直的看向他，裘冠博那雙眸子堅定，不是玩笑該有的神情。貝雅瑜過了一會兒才開口：「我不懂……」

他打斷：「小瑜，既然妳不喜歡我，而我也已經不喜歡妳了，那麼希望以後別再浪費彼此的時間，」他說著頓了頓，「經過這幾年的相處，我明白了我們並不合適。」

貝雅瑜張了張口，終究沒能說出話來。

她在眾人眼中，是名年輕又優秀的國中語文老師，待人處事，更是讓大家皆讚不絕口。大家總認為她的男友不只相貌好，而且對貝雅瑜更是死心踏地，誰也沒有料想到，裘冠博早對她毫無心思。

這段感情忽然宣告無疾而終，貝雅瑜如今會落到如此地步，心中也很是愕然。

手機螢幕不斷亮起，顯示出裘冠博的來電提示，貝雅瑜看著愈來愈心煩，便伸手把它給關機，扔回手提包裡。

意識還有些模糊，貝雅瑜擦了擦眼淚，看見白色的紙巾上被抹下的妝容，頓時有些失神。

在愛情方面，她一直都是如此不懂得選擇，無論是對象，還是自己的身段。

她有真心對待裘冠博，也相當珍惜彼此一起度過的時光，久而久之也過了將近十年的光陰，自然地也產生了深厚感情，忽然被提分手，心中自然很不是滋味。

貝雅瑜坐回車內，抬頭望著漆黑的天際，獨自安靜的待了許久，才發動引擎。

雖然不是滋味，但正如裘冠博所說，貝雅瑜對他產生的，比起情人間的愛情，更像是親情。

他們在長期的互相陪伴下，貝雅瑜已經習慣承擔裘冠博所有的依賴，卻忽略了他心中的不適，所以關於分手，她更責怪自己沒能付出該付出的。

明明在各方面都處理得有條有理，偏在這方面就是一塌糊塗。

前方轉為紅燈，車輛緩緩停下，她彎身將額頭抵在方向盤上，腦內一片混沌，不斷重複著剛才的畫面。

裘冠博他剛才的雙眼，堅定無比、毫無留戀。貝雅瑜嘲諷的笑出聲，現在裘冠博恐怕對她除了愛情，連親情這種東西也不存在，因為那眼神，分明是看陌生人般的森寒。

那才是令貝雅瑜倍感痛心的折磨，她想不通，到底是什麼令他一夕之間變了如此之多。

#

旭日初升，晨曦悠悠拉開帷幕，東方山巒間冒出一縷縷金色的光芒，似流水般滲透到天地之間。

隔天仍要上班。她一早起床就感到異常疲憊，頭重腳輕的，而鏡子裡的自己，則雙眼有些紅腫，眼下是發青的黑眼圈。貝雅瑜有些麻木的去冷凍箱裝了些冰塊，裹了毛巾敷上。

半個小時後，她收拾好了又補上妝容，匆匆出門去學校。

今天在上課的期間，貝雅瑜又聽見了歌聲，捏著粉筆的手頓時垂在身側。學生們看她出神，有人喚道：「老師？」

貝雅瑜眨了眨眼，失笑：「對不起，老師分神了。」

「老師在聽那歌聲嗎？」女孩掛著充滿朝氣的笑容，神采奕奕：「我也經常聽到呢，總覺得能夠讓人感覺很平靜。」

貝雅瑜頗意外的「嗯」聲，竟然和她的感受這麼一致，附和：「老師也這麼覺得。」

女孩聽見她也喜歡，心中歡喜，一手指向窗外：「那個聲音都是從隔壁明德樓傳來的，我下課的時候，有去找過那唱歌的人，可那個時候他卻都不唱了，我也找不到。」說完聳了聳肩，神情有些落寞。

其他的同學們窸窸窣窣的交頭接耳起來，神色皆異，有些人好奇的望向明德樓，有些人則壓根沒聽到歌聲，四處張望，頭頂上掛著大大的問號。

貝雅瑜也是頭一次聽說那人在明德樓，雙眼不由得望向隔壁，心中想著，如果有機會能邂逅那位唱歌的男子，一定要親口告訴他，自己非常喜歡他的歌曲與嗓音。

♯

「貝老師，妳今天看起來有點累呢，有什麼心事嗎？」下課的時候，同事擔憂望過來，「有什麼問題就說出來吧，大家一起想想辦法，或許會更好解決哦。」

貝雅瑜正盯著辦公室的電腦，螢幕的光惹得雙眼有點刺痛，握著滑鼠的手一頓，隨後朝同事展顏一笑：「沒什麼特別的，只是昨晚失眠了，所以精神差。」撒了半個謊，她是因為特別的事而失眠了。

「年紀輕輕的，怎就開始失眠了？」同事挑眉，推薦道：「如果睡不著，可以起來做點溫和運動，像是瑜伽之類，我每次都是這麼做的。」

「謝謝，我會試看看。」貝雅瑜回道。

同事點了下頭，之後走到一旁的櫃子翻找資料，貝雅瑜又將目光投回螢幕上。剛登錄的臉書上忽然跳出「裘冠博更新了個人動態」的字樣，她明顯愣了一下，心中有股異樣的情緒在蔓延。

她斂了斂心神，還是忍不住好奇心，點了進去。

先入目的是張不雅的照片，一名女子五官冶豔風騷，身上穿的衣服極少，火辣的直接跨坐在裘冠博的身上，正笑吟吟的朝著鏡頭比著勝利手示，最上面的貼文上寫道：「我是張曉曉，我們交往六年了，藉此想告知那位勾引我男人的婊子：如妳所料想，其實冠博一直以來都沒喜歡過妳，所以請死心，別再胡攪蠻纏了！」想必裘冠博不知情，被這女人藉機登入了帳號，而她也不知道貝雅瑜其實昨天跟他分手了。

外面暖陽溫和的籠罩著，貝雅瑜卻只覺得一股寒意從腳底爬升，渾身打了個寒顫。

昨天以為是她親手毀了這段感情，所以一直耿耿於懷著，卻沒料想到，被欺騙的人是自己。

她雙手撐著額頭，兀自靜默許久，之後拿起水杯，垂眸走到飲水機前接水，看著自己緊握著紙杯的手，忽然鼻間一酸，眼前模糊了起來。

她一直覺得出軌的男人應該遭到報應，貝雅瑜能替朋友想出一百種方法整那外遇男人，可當事情輪到自己身上的時候，卻慌得不知所措。那張曉曉到底是誰？貝雅瑜扯了扯唇角，沒看過她，對方卻好像挺瞭解自己的。

喉嚨乾燥得難受，貝雅瑜抿了一口水，皺了下眉，實在難以下嚥。

她乾站在那裡許久，直到預備鐘聲響徹學校。

同事百般無聊的滑著手機，頭也沒抬，朝她揮了揮手。

「我要去上課了，回頭見。」她將紙杯扔進垃圾桶。

到明德樓的時候，歌聲漸漸明朗了起來，這是貝雅瑜第一次近聽這道嗓音，不再是顯隱若現，而是清晰的串連在一起，清清冷冷，顯得低沉有磁性。

貝雅瑜依舊不知該如何去形容才適當，但是卻明顯覺得心情平靜下來，原本胸口悶悶的感覺消退些許。有句話是這麼說的，「音樂能使人精神放鬆」，果然有其道理。

她嘆了口氣，之前都在幹什麼呢，將自己搞得這麼廉價？她踏上階梯，此時，歌聲忽然戛然而止，空間陷入了寂靜。

之後一道腳步聲從上方傳來，那步伐沉穩規律。

貝雅瑜目光不由得移向樓梯口，腦中升起一個不可思議的念想。

天色暗淡，染著一圈圈像胭脂的薄媚，剪剪清風輕拂而過，引得樹葉摩擦出沙沙的聲響。

男子正一步步走下來，走廊上的彩霞映在他清俊的五官上，那眉目間線條流暢簡潔，透著一股清雋的薄涼。

他短髮被照得帶有些許栗色，紅唇輕輕的抿著，沒有一絲笑意，似乎察覺到她的視線，抬眸淡淡掃了一眼。

暮色將地板漂成褪色的淡，將他的影子拉得老長。

鐘聲忽然響起，貝雅瑜趕緊轉身，走向不遠處的教室，卻又猶豫起來，令她有些舉步艱難。

「如果有機會能邂逅那位唱歌的男子，一定要親口告訴他，自己非常喜歡他的歌曲與嗓音。」腦內盤旋著這段對自己說過的話。

貝雅瑜忽然停下腳步，雖知道不能耽誤到上課時間，最後還是忍不住轉身。

走廊上已空無一人。

貝雅瑜心中有些失望，腦中卻浮現出男子的身姿，高挑頎長，容顏清秀，美得令人屏息。

♯

晚上，貝雅瑜泡過熱水澡出來吹乾長髮，便細細畫上了精緻的妝容。她很久沒有這麼用心的打理自己了，然而雖然今天心情不怎麼好，卻奇怪的反倒勤勞了起來。

半夜十一點的時候，貝雅瑜開車到了裘冠博的公寓前，一步一步邁上樓梯，廊上只迴盪著自己清脆的腳步聲。四周一排排橘黃色的燈開啟，灑了滿地的輝煌。

到了他的家門口，她看著手上的鑰匙，先是自嘲的笑了一笑。他倒是忘了把鑰匙討回了。

一開門，迎面而來的是股淫靡的味道，玄關處的男士與女士鞋子被隨地脫著。貝雅瑜撞見客廳地上交織在一起的身影，一點兒也不意外，淡淡的道：「窮到連床都沒有了？」

張曉曉嚇得魂飛魄散，趕緊用衣物遮擋身體。

但看清來人以後，反倒是鎮定下來了，嬌聲嬌氣的說：「我還以為是誰呢？」

裘冠博卻尷尬極了，一張臉黑的像什麼一樣，嘴唇張了又闔，卻吐不出半句話來。

貝雅瑜朝他一揚嘴角，用手機清清楚楚的將他們拍了下來，然後學著上次裘冠博的模樣，在手中晃一晃，笑了：「我會讓你們再也沒臉見人。」

在離去之前，她將那把鑰匙扔在他面前，發出一道清脆的聲響。

#

秋天的空氣乾燥，風微涼。

最近貝雅瑜養成了一個小習慣，就是趁著沒有課堂的時候，在校園裡多多散步透氣。以前這些空檔總是和裘冠博發簡訊或約會，現在分了手，倒是清閒了不少。

提起他，貝雅瑜心中還是會生氣，但是又有些無奈。那天拍了他和張曉曉的照片，發上了網路，並且透露他出軌的行徑。

起初，貝雅瑜還挺擔憂裘冠博惱羞成怒來控告她，剛想著要不要刪掉這項動態，卻已經有好幾位朋友轉發，把事情鬧得沸沸揚揚。

其實她哪是什麼瀟灑的人？只不過是熱血沖昏頭，誤打誤撞罷了。

裘冠博從頭到尾都沒有出現在她面前，不知道在哪當縮頭烏龜。

過去的終究是消逝了，藏在心中當作遺憾封存就好，無須再去挽回什麼。因為要面對的，永遠都還是將來。她這麼告誡自己。

「下課。」貝雅瑜朗聲說著，邊將書本疊好在講桌上。

她笑著看學生朝自己敬禮稱謝，心中覺得如釋重負，長嘆了一口氣，便起身離開。

校園雖然挺廣闊，但是這幾個禮拜逛下來，貝雅瑜逛著也有些膩味了。

鐘聲響畢，她仍慢步走在毫無人煙的長廊上，正想著要回教室改作業的時候，卻見的側邊教室內有位同學正襟危坐的偷瞄了自己一眼，趁著台上老師不注意，朝她招了招手，那模樣可愛到逗得她不禁莞爾一笑。

空中若有若無的飄揚著歌聲，襯得整個午後氣息溫和恬靜。

這樣的平凡日子，很好，也莫名令人有些不安。

♯

今天的車流異常的多，四周噪耳的喇叭聲不絕於耳，讓她心中也不由得煩躁起來。

在塵囂之中，她望向窗外一旁廣告用的大型液晶螢幕，卻隱隱約約間聽見一道熟悉的嗓音。

待要仔細去聽，後面喇叭聲又傳了過來，回神後才發覺前面已經綠燈了，趕緊踩下油門。

匆忙之間，她眼尾餘光瞄到大螢幕上閃現的「輕歌新曲上市」六個大字，就這麼倒退消逝而去了。回頭的時候，已經掩埋在壅塞的車流中，看不見蹤影。

到了家中後，貝雅瑜將高跟鞋踢在玄關處，奔進臥室內打開筆電，查起「輕歌」這號人物。她腦海中隱隱有個聲音在告訴自己，剛才聽到的聲音非常熟悉。

當網頁刷新的時候，整排的資料就這麼一一列出。此人相當有人氣，臉書追蹤人數已經破了千萬，而左下邊也有無數的粉絲告白留言。

第一個動態內是一個錄音檔，貝雅瑜點了開來，播出的是道清潤的嗓音。

他說：「謝謝各位對新專輯的支持。」

偏低的聲音聽起來相當舒服，醇厚又不失雅緻，傳入耳膜，那樣莫名的迷離，又清楚分明到極點。

——這道嗓音，果然是校園內明德樓上，經常聽到的。

#

是週末。

貝雅瑜接到同事的電話，說正在召集人一起出去露營，只有短短的兩天一夜，邀請她一起過去湊湊人數。

「據說除了平常的老師和主任之外，還會有男神出現喔！」同事自豪的拋出殺手鐗。

「什麼男神？」貝雅瑜問，「有不認識的人去，不是感覺挺尷尬的嗎？」

「妳傻呀，就是這樣才刺激！」同事猛地吞了口水，「那個人叫什麼名字來著……孟景涵？對，就叫做孟景涵！我其實也沒見過他，都是聽夏主任說的。」她說得眉飛色舞，不曉得的人，大概都以為她要參加聯誼了。

這件事情就被同事隨意的訂了下來，貝雅瑜想，這幾天委實是無聊到開始發慌，趁著週末出去透透氣自然是好的。

隔天一早，她開車到了學校，輕易的看見一台遊覽車停靠在路旁。先把車子安頓好了以後，便提著行李過去。

貝雅瑜到得早，遊覽車上才寥寥幾個人。她先是看見座位上的夏司宇，他坐在靠廊的位置上，正在和身邊的人低聲交談。

「雅瑜。」他看見她上車後，笑了一笑。

「夏主任。」貝雅瑜禮貌的喚了一聲。

夏司宇無奈的說：「不在學校裡，別這麼客氣了。」隨即又忽然想到什麼，問，「男朋友沒有一起過來嗎？」

貝雅瑜微微一愣，沒有料到他會這麼問：「幾個禮拜前分手了。」

夏司宇「噢」了聲，說：「抱歉。」然後頓了頓，「這是裘先生的遺憾，而妳值得更好的。」

貝雅瑜打從心裡欣賞他，夏司宇就是這樣的人，懂分寸，也懂得關心旁人。

「這位是新朋友，以前也是咱們嘉亞國中畢業的。」夏司宇拍了拍坐在他一旁的人的肩。

剛才貝雅瑜並沒有留意剛才和他在交談的人，現在聽到介紹，順其自然的向前邁了一步。入眼的是名眉目俊秀的男人，正慵懶的靠在椅上，他白色襯衫打理整潔，晨光灑得他一雙眸子清澈明亮，卻不帶半絲笑意。

他正是那天，貝雅瑜無意間撞見的男人，現在近看之下，發覺他眼角下有著一粒不顯眼的淚痣。

「我是貝雅瑜，是二年三班的導師。」她笑著說。

他看著她的手就在面前，自然的握了上去，嗓音中含有些許低沉：「孟景涵。」

他的大掌乾燥，沒多餘停留，一握便鬆。貝雅瑜仔細留意他的聲音，心想這人就是輕歌，絕對不會錯。

——原來他是名稍微淡漠，卻不失禮貌的男人。

「你們第一次見面嗎？」夏司宇問：「景涵他其實挺常待在校園裡。」

她和孟景涵其實算有一面之緣的，但他那拒絕言談的模樣，貝雅瑜開始思索起開如何回答。

「校內見過。」孟景涵先開了口。

聲音有著一股吸引人的磁性與清雅，明明是昨晚聽過好幾遍的嗓音，貝雅瑜耳朵仍是不由得一麻，他不愧是歌手，擁有令人無法忽視的好嗓音。只見他側眼看了過來，眸光清冷又深邃，像一灘化不開的濃墨。

他還記得。

夏司宇點了點頭表示明白。

貝雅瑜和夏司宇又寒暄了幾句，最後聽他提議坐在他們身後的位子，她順順的應承下來。

很多人陸陸續續到了，不久以後，他們一行人出發。

車程時間很長，貝雅瑜開始有些昏昏欲睡，便將外套披在肩上，正想閉目養神一會，卻從前方的位子與位子間的隙縫中，不經意的看見孟景涵白皙修長的後頸上，繞著一條細細的耳機線。

他低眸聽得入神，長而微捲的睫毛在眼睛下打了一層薄薄的陰影，如果他就是「輕歌」，那麼現在，應該在聽練唱的歌曲吧？

但貝雅瑜卻有些疑惑，他這麼有名氣的人，應該擁有自己的錄音室，那麼為什麼要到學校練唱呢？

此時，男人忽然抬眸看了過來。貝雅瑜耳邊嗡的一聲，有些窘迫移開目光。

等到目的地到了。前面已經有人在招呼眾人下車，孟景涵也站起身，直直的邁開步伐離開。

#

安頓好一切後，大家肚子也差不多餓了，便當場組隊煮起午餐來。

有位男同事在替大家分了瓦斯爐，看到貝雅瑜後，便問：「老師要不要過來我們這裡？」

貝雅瑜看向他那組的人們，幾名男人笨手笨腳的，乍看就知道沒有煮飯的經驗，而別組的年輕女生在旁邊笑著看，一些人則是靠過去幫忙。

她清楚的看見一名身材曼妙的女子正在那裡，用手推了推靠在樹邊閉目養神的孟景涵，問：「這位先生……能來幫幫忙嗎？」

孟景涵有些慵懶的睜開雙眼，看見前面的女子便輕皺了下眉頭，摘下耳機：「什麼事？」

不知道是不是剛才在休息的原因，嗓音有些沙啞。女子紅了紅耳根：「大家都忙著呢，你能不能一起過來？」

不出多久，女子耳邊就傳來他淡漠的兩字：「沒空。」便用那修長的手戴上耳機。一點兒留情也沒有。

貝雅瑜移回了目光，朝男同事展開了一抹十足溫和的笑：「不。我其實不餓，你們自己享用吧。」

男同事靦腆的摸了摸後腦，識趣的離開了。

有些時候，清冷能被視為沒禮貌，可貝雅瑜卻有些改觀。若已經看穿對方的用意，與其寒暄糾纏，直截了當的拒絕，反倒是種內斂的溫柔。

#

傍晚的時候，倒是換男生們過來幫忙搭帳篷了。

夏司宇朝她走來，卻意外的發現貝雅瑜的帳篷竟然搭得有模有樣，根本不需要別人協助。

「妳常常露營嗎？」他問。

「不，這是第一次。」貝雅瑜抬眸看他，夕陽照得夏司宇清俊的眉目有些明晃晃。她刺得瞇起眼，「但我特別擅長組裝這類東西……」

陽光在不遠處草浪起伏的原野，灑滿了金色的光環。他們身邊也有不少人在聊天，或許聊著趣事、或者聊著開心事、或許聊著悲傷的事，還有偶爾的奉承與附和。

孟景涵淡淡看著他們，一人佇立在樹下，夕陽餘暉沁得他皮膚愈發白皙，五官也些許柔和。他斂下眸子，指腹輕輕摩挲過播放鍵，唇邊輕喃：「又見面了。」

貝雅瑜。

♯

她一直都有認床的問題，以至於入了深夜，仍遲遲無法入眠。四周黑漆漆的一片，隱約只可以聽見他人均勻的鼾聲與遙遠的蟬鳴。

實在是太難熬，她索性出了帳篷，才剛抬眼卻被眼前的美景震懾住。

一片浩瀚無垠的星河布滿了黑藍色天幕，像有鑽石滿綴，襯得整個大地愈發優雅且靜謐。

柔和的薰風籠罩在身上，貝雅瑜攏了攏吹散的頭髮，一步步邁開走遠。草皮踩得發出沙沙的聲響，不知不覺間，回頭發現營地已經縮成一個巴掌大小。

貝雅瑜不敢再繼續走遠，就席地而坐，拿出手機朝著天空拍了張相。剛要發上網路，才想起這裡沒有訊號，便一下子失了興致。

她獨自坐在那裡良久，無聊得開始思考著許多事情，很久以前的、剛發生的、未來計畫，以及自己的愛情。

裘冠博是她從國中就開始交往的對象，當時他看貝雅瑜長的漂亮，就起了征服的慾望。她已經忘記當時為什麼要答應個性輕浮的他，但畢竟還是陪伴了自己一長段時間，沒能好聚好散，實為一場遺憾。

為什麼要答應他？貝雅瑜勾唇。或許又是家人的關係。

猛然想起張曉曉，貝雅瑜又一陣氣悶，長長的吁了一口氣：「惡人總會有惡報。」

聲音很快被風席捲消散在彼方。

身後突然一個沙沙響動，貝雅瑜唇邊的笑意還來不及淡去，回頭便看見一抹熟悉的身影在不遠處。

孟景涵坐在樹下，雙眸在黑夜中似大海般深邃，薄唇輕抿，還是一樣令人肅然起敬的冷漠表情。

貝雅瑜有些詫異，沒想到這個時間還有人和她一樣，出來透透風，既然碰見對方不說話也尷尬，便問：「孟先生也睡不著？」

孟景涵應了聲「嗯」。

果然還是很冷淡。貝雅瑜腹誹了一句，回頭望向星空：「哪時候到的？」

「比妳還早些。」

他的嗓音溫涼平靜，澈底融合在這片夜色。

「這樣啊。」貝雅瑜挪開視線：「剛才沒見著你。」

他也沒搭腔，就這樣，兩人又沒了話題。

♯

露營活動就這麼落幕了，隔天，又是上班日。

下課的時段，她改著作業簿，同事卻過來找她，說有場籃球比賽正在執行，要她一起過去湊湊熱鬧。

「我真的對籃球沒興趣……」

同事一臉恨鐵不成鋼的硬扯了她下：「叫妳欣賞，又不是要妳下場比賽！」

她無可奈何的被拉走，到了那頭，她第一眼便看見籃球場上抹頎長的身影，太過引人注目，每個動作、角度、表情，都是這麼的乾淨俐落。

孟景涵。

她不知道他為什麼在這兒，本以為他這種不愛出風頭的人，到學校來僅僅是為了練習唱歌，但現在路過的人們都不禁駐足欣賞，幾乎人滿為患，成為眾人矚目的焦點。

卻在看見夏司宇在場上的身影後，她頓時恍然大悟，一定是他召集人一起來打球的。

孟景涵身上的襯衫袖子捲到手彎處，衣服已經被汗水浸得有些濕潤，淚痣一點在眼邊，添了一分狂野與不羈。

「小心——」一道驚呼引起她的注意。

籃球從側邊朝著她迎面砸來，貝雅瑜心中一跳，還來不及做出反應，一抹身影已擋在身前，只見孟景涵單手接住了。

汗水登時被拋在空中，與他的喘息聲轉瞬消逝。

他側眸看她一眼，隨後將球朝著夏司宇拋去，走到一邊拎起自己的外套。

似乎不想打了。貝雅瑜壞了他的興致，也不禁有些興致缺缺。

#

雖說事情已經過了，班上的同學仍然不想放過這難得的八卦。

「老師。」一位男學生滿臉關心，「剛才沒有受傷吧？」

身旁女孩毫不留情的賞他了一個暴栗：「笨蛋，沒看見男神挺身相救嗎？」

貝雅瑜壓了壓額角，然後使勁敲黑板，發出叩叩的悶響：「上課！」

自從班上的人開始八卦後，「神祕男神給貝老師英雄救美」這件事情，已經傳得沸沸揚揚。然而貝雅瑜最近還發現另一件事情，那就是同事們常常聒噪的聊著「輕歌」這號人物。

「那個誰，什麼歌的，有什麼了不起的？」男同事不以為然。

眾女同事怒拍桌，一秒砲轟他。

貝雅瑜待在旁邊都沒有答腔，只雙手托著腮想，孟景涵的嗓音清潤雅緻，又能隨著曲風去做不同的詮釋，不會顯得過於單調，能被人誇也是正常的事。

有位忠實粉絲這麼評價過：「輕歌像浪漫的貴公子，雖然輕柔從容，卻也帶著點強勢。」

她想，孟景涵雖然看起來是寡淡，但身上太多優點，以至於自然而然的引人注目。

貝雅瑜又滑了下手機，入眼的是這麼一條留言：「最近不是很紅那首『威風堂堂』嗎？可惜輕歌不唱日文歌，要不然大家都很想聽聽他的喘息聲！」

她手指微微一顫，想起方才他逼近時的氣息，默默的紅了紅耳朵。自己以前不是這樣的，搞得也像個迷妹是怎麼回事？

貝雅瑜將手機收起來。

可能由於是同類人，她覺得孟景涵雖然優秀，但不代表是完美的，只不過這樣的人，缺點往往會被忽視，變得不值得一提。

她承認，自己一向不善於表達情緒，說好聽點，就是性格太內斂，直白點，那就變成溫吞無聊了，幸好沒有人將她的溫吞當作缺點。

♯

週間的時候，貝媽媽給她打了通電話，劈頭就是這句話：「妳跟裘冠博怎麼了？」

貝雅瑜並不想要回答。

貝媽媽生氣了：「交往十幾年的男友都能嚇跑，我早就說妳這人太過強勢！我說妳，空有一張好看的臉有什麼用？老了還不是什麼也沒有！」

「是我太強勢。」貝雅瑜想起貝媽媽平日不斷重複的三從四德，忍不住冷冷地笑了，「但我不喜歡委身的感覺，如果為了一場婚姻要有這麼大的付出，那麼我寧可不要。」

「誰管妳肯不肯！」貝媽媽咬牙切齒，「早就和妳說過，二十四歲之前就該訂婚。妳看看自己現在都已經二十三！」她話一頓，「現在妳爸爸在醫院受苦，就只想著能夠在離開之前，看妳過的好好的……」

貝雅瑜安靜的聽著，任耳邊滔滔不絕的聲音傳來，眼神卻愈發冷淡。

聽她反應異常安靜，貝媽媽深吸了一口氣，才緩和了怒氣：「我給妳安排相親。」

貝雅瑜想，或許就是這麼一回事，才讓自己和裘冠博的交往時間維持十年。彼此不合適，貝雅瑜又怎麼會不知道？只是貝爸爸身體不好在醫院治療，希望她能夠早早訂婚，而繼母逼她能圓他的夢，成了一個惡性的循環。

女友家人不斷的逼婚，男子自然會感到壓力。貝雅瑜心想，若是女方整天想著要嫁人，男方一定避她如洪水猛獸；若女方不肯，說不定男方還巴不得將她佔為己有呢。

套一句老話，大概就是得不到的越珍貴吧？

夏司宇進了辦公室，便看見貝雅瑜有些僵硬的面容，眼下的黑眼圈發青，襯在蒼白的肌膚上，顯得格外憔悴。

「怎麼了？」他問。

貝雅瑜搖了搖頭：「家裡出了些事情。」

夏司宇問：「妳爸爸的病情沒有好轉嗎？」

「老樣子。」她說話一頓，頓時有些掙扎。

她明明知道自己不擅長表達情緒，卻因為害怕，從來沒有想過要做過改變。

但或許，偶爾找個依靠傾訴，也能變得更輕鬆些。

♯

傍晚的時候，天空沒有之前的橘黃煙霞，而是灰色清冷一片，烏雲布滿，隱隱約約還透著一股寒冷的濕氣。

孟景涵還在樓上練唱，聲音比起以前多了一分沙啞。貝雅瑜照常聽著，頓足在樓梯口，忽然傳來他清喉的聲音。

快要入冬了，轉季間常有人感冒。

貝雅瑜去飲水機前接水，熱氣一下子冉冉的升騰起來，從紙杯透了過來，溫暖的感覺頓時盈滿了整個掌心。

地上冒起了一圈圈的小圓形印子，她將手伸到廊外，馬上感受到涼意打在皮膚上。

下雨了。

她走下樓梯，小跑步的穿過操場，高跟鞋顯得有些磕磕絆絆，加上手上有茶水，實在是走不快。

好不容易到了騎樓下，她仰頭看了眼黯淡的長空，雨勢淅淅瀝瀝的不斷下著，沒有要停歇的意思。

她沒帶傘，嘆了一口氣，靜靜待了一會兒。

此時，明德樓下，孟景涵大概也發覺下雨了，收拾完，便從長廊處撐著傘徐徐走來。

整個人都照上了朦朧的光暈，他的手牢牢扣著黑色傘柄，嘴唇抿著，雨滴打在傘上滑下，落在他腳邊形成朵朵水花。

四周聲音景物彷彿都隱去了，只見他眸子裡光華瀲灩，整個人像從畫中走出，寧靜好看。

貝雅瑜想了想，說起來，上次的事情還沒好好的道謝，按常理來說，是不是去搭話會比較禮貌？

等到他走近些，她不假思索的點頭算打過招呼，嘴角一揚：「謝謝你上次的幫忙。」

他低眸看著她：「舉手之勞。」

他個子頗高，不由得帶有壓迫感，聲音比以往沙啞。

貝雅瑜從包裡拿出一條潤喉糖，遞給他：「你試試看這個，雖然不是特別有效，但比較不會那麼疼。」

孟景涵皺了皺眉心，雖沒說話，但還是接下了。

之後，她看見他的目光移向她身後。

貝雅瑜還沒轉過頭，就先聽到夏司宇的聲音傳來：「景涵，你今天要錄完……」說話一頓，才看見了她，便笑了一笑：「原來妳在這裡，我剛才還在找妳的。」

公事都會在開會的時候說，很少私底下聊，貝雅瑜不知道他有什麼急事，不禁疑惑：「怎麼了？」

「班上下課了，我們再談一談。」他不肯透露。

「知道了。」貝雅瑜應道。

期中考將近，班級上的氣氛有些沉鬱。當貝雅瑜回到班上，發現大家臉色並不是很好，看到她手上的考試卷，更是哀嚎聲一片。

好不容易挨到了最後一堂課，貝雅瑜還是心軟，去買了幾包零食給他們當獎勵，讓氣氛終於活躍起來。貝雅瑜又突然想起以前國中時期，也是這麼的拼著課業，時常熬到半夜，卻能為老師的一句誇獎而甘之如飴。

外頭的雨已經漸漸停歇，空氣中飄散著一股潮濕的泥土味。

放學的時候，貝雅瑜到了夏司宇的辦公室來。他挺直的鼻樑上架著一副眼鏡，清俊的臉被電腦的螢幕照得白皙。

「抱歉，讓妳特地跑一趟。」他將眼鏡摘下，抬手揉了揉眉心，「最近有關於妳班級上惡意傳言，所以只好私下找妳談談。」

貝雅瑜搖了搖頭：「我沒聽說過。」

夏司宇拉過一張椅子，示意她坐下。

「有人目擊到學生在校外抽煙，然後事情就慢慢傳播開來。」夏司宇解釋道，「叫做陳弘睿，妳有印象嗎？」

貝雅瑜抿了抿乾澀的唇，臉色不太好。

怎麼可能沒有印象？那可是她班上最優秀的學生。

#

不久以後，期中考終於來了。

在這種重要日子，鬧鐘不知道怎麼的竟然沒有響，貝雅瑜起床的時候，已經是八點鐘。

看見街上的車輛並不多，貝雅瑜才稍微放下心來。

匆匆忙忙的趕到了學校後，她便察覺到此時瀰漫著一股壓抑的氣息，除了偶見一些稀零的校友在到處遊蕩，貝雅瑜再也沒看見其他人。

當她到了班級，便看見大家正規規矩矩的坐在位子上，風紀股長也抱著書本下台了。

此時班長卻道：「老師，陳弘睿還沒到！」

外頭的風又冷又濕，不斷的呼嘯出簌簌的聲響，加上大家緘默不語，顯得格外驚心。貝雅瑜剛才還不覺得如何，此時聽了這句話，只覺得渾身的涼意都蔓延開來了。

第一時間，耳邊響起了夏司宇叮囑過的話，一股不好的預感油然而生。

她撥過了陳弘睿家人的電話，他們語氣顯得有些莫名其妙，都說老早就出發，在一個小時前也該到學校了。

身旁樹木沙沙的一個摩擦，陽光登時從樹間滲透出來，打在地上形成一片明晃晃的餘暉。

人煙稀少的長廊上就只剩她急促的腳步聲，抵達校門口時，陳弘睿正好從校門口走進來，貝雅瑜看見了他，鬆了一口氣。

他也看見她了，表情顯得有些不自然：「老師好。」

「為什麼這麼晚到？」貝雅瑜離他不遠，一股味道撲鼻而來，引起她的注意。

陳弘睿身上，有股香水味在遮蓋濃厚的煙味。

♯

她看著全班同學終於到齊，卻一點兒都不能放鬆心情。

太陽穴傳出的陣痛不斷刺激著感官。

辦公室內毫無人煙，老師全都被派去監考了。貝雅瑜在辦公室休息。燈管不斷發出電流的滋滋聲響，她坐在椅子上，才發覺頭頂的燈忽明忽滅。

她幾乎無法挪動腳步，這種力不從心，讓她有些毛骨悚然起來。

此時，門口悄悄打開了。

一隻戴著黑手套的手先伸了進來，之後衣服摩擦聲響起，一名男子就這麼邁步進來，腳步輕盈到聽不見，渾身都穿黑色，臉上用面具遮住了，像在昭告著，說他是個危險人物。

第二章：無聲稱謝

貝雅瑜呼吸一滯，一時之間只聽得見自己急促的心跳。是誰？

那男人顯然以為大家都離開了，所以只草草的環顧了下四周。貝雅瑜定睛一看，他手上握著一把刀，趕緊藏身到一旁的柱子後，這才沒有被發覺。

那男人開始翻箱倒櫃了起來，之後沒找到值錢的東西，低聲罵了「靠！」

貝雅瑜深吸一口氣，伸出手來搆電話，還沒有搆到電話，那男人凌厲的目光已經朝她掃來。

他迅速掏出一把手槍，低喝，「不准動！出來！」

貝雅瑜渾身一顫，過了片刻，走了出來，映入眼簾的是那黑色的槍口，就在自己不遠處，一步步的逼近。

他靠了過來，將手槍抵在她太陽穴上：「錢在哪裡？」

一股惡臭從他嘴裡傳出，但貝雅瑜已經無法顧及這些了，渾身置身於冰窟一樣，完全動彈不得。

「很少老師會把錢放在辦公室裡，你找錯地方了。」她長吁一口氣，試圖讓自己思路清晰點，

「但我身上有錢……全部都在包裡。」

他扯過她的包，飛快地翻出裡面的錢，還來不及反應，他忽然捏住她的脖子，力道粗魯野蠻：

「我把妳賣了也比那點破錢多！」

頭部猛然又傳來了一陣陣的疼痛，貝雅瑜臉色一白，渾身都在發軟，只感覺到一隻手摩挲過她的唇，惹得一陣反嘔的衝動。

現在怎麼辦？

她迫使讓自己冷靜下來，但背脊上不斷湧來刺骨的寒意。貝雅瑜不適的捏了捏手掌心，滿手都是冷汗，因為原本就發燒了，現在火上澆油，根本無法冷靜思考。

她看見一抹熟悉的身影，模模糊糊的邁過長廊。

「看什麼？」男人的槍又一抵，她只覺得咽喉處不斷發出酸澀難當的異味，完全無法動彈。貝雅瑜目光追逐著窗外的身影，在他還沒離開之前，使出了全身的力氣，張唇要喊。

——孟景涵，幫幫我。

那抹身影停下了。

#

旭日初昇，照耀長空，漫天雲朵迤邐疏卷，溶溶安和。

貝雅瑜睜開了眼睛，入眼的是道刺目的光芒，她不適的瞇起眼，才看清是白色天花板。

躺在一張病床上，鼻間充斥著消毒水的味道，並不算難聞。身旁有個鐵製桌子，上頭擺滿了鮮花，還有一台電腦，上頭的數據正在上下躍動。另一側則被綠色的長簾子拉上，看不清楚隔壁的模樣。

開門聲響起，只聽見一道腳步。

刷地一聲簾子被拉開，是夏司宇，他朝她走來，眉目間透著疲憊。貝雅瑜看見他，鬆了一口氣。

「不要動。」夏司宇壓住她的手腕。

貝雅瑜往下一看，才發現一根細針插在肌膚裡，透著陣陣涼意，是點滴。

夏司宇抿了抿唇，鬆開她的手，窗外的陽光明亮，顯得他表情有些僵硬：「妳……還有哪裡不舒服？我去讓護士過來。」

「麻煩你了。」貝雅瑜點了點頭。

護士不久以後便到了，替貝雅瑜做了些檢查與數據，最後確定身體無礙，才拿掉了點滴，讓她做些伸展動作，緩和全身緊繃的肌肉。

據夏司宇所說，那日有強劫犯到了學校，等警察到達現場的時候，她已經暈倒在辦公室內了，如今是第二天在醫院裡高燒昏睡。

貝雅瑜手裡捧著他送來的一碗清粥。

夏司宇看著她的失神，不禁皺起眉心，沒有出聲。

她忽然想起那搶劫犯嘴裡傳來的惡臭，粥吃了半碗就沒了食慾，被她先擱在一旁，抬眼看他：「那犯人拿著錢逃走了嗎？」她聲音有些沙啞。

夏司宇去旁邊接了水給遞她喝，之後深深看她一眼，薄唇一啟：「妳不知道？」

貝雅瑜接過水的手一頓，摸不著頭緒。

「犯人有捉到，孟景涵救妳的。」

她聽到這句話，有半刻出神。

回應的是一片緘默，氣氛壓抑得令人幾乎透不過氣來。

貝雅瑜意識還有些雲裡霧裡，送醫之前的事情，記得並不是特別清楚，但現在經他一題，許多片段彷若跑馬燈一般，不斷閃過她的腦海裡。

搶劫、手槍、以及那男人噁心粗魯的碰觸。

她當時看見孟景涵從犯人身後走來，不疾不徐。

貝雅瑜想著想著，蒼白的手指絞緊了潔白被單，形成一絲絲的皺摺。

——如果沒有孟景涵出手，她此時此刻，早就已經遭遇不測了吧？

遍體的冷意又再度襲來，這次刺入骨髓一般，引起她嘴唇有些哆嗦。

「雅瑜。」夏司宇的一雙眸子，含著前所未有的認真，就連聲音也壓低了幾分，「不要胡思亂想。」

窗外的陽光一下子透了進來，螢黃的色彩瞬間渲染了整間病房，照得他臉龐柔和，眼神卻堅定。

「孟景涵他有沒有受傷？」

「不用擔心。」他很快地回答：「他從小就有在學跆拳道，一度還被提拔成國手呢，雖然之後放棄了，但普通人還是打不過他的。」

貝雅瑜翻騰的心事，就這麼沒由來的漸漸平息，值得慶幸的是沒有人受傷，而且犯人也抓到了。

之後，校方知道她和夏司宇有些交情，便經常讓他過來陪陪她聊天。校長也不是沒有過來關心，只是探病之前先打了幾通電話，卻都被貝雅瑜婉拒了。

貝雅瑜明白他們在顧忌什麼，所以也懶得客套，反正大多都是說服她別太將事放在心上，然後拐彎抹角的請貝雅瑜不要控告校方的保安措施，也不要心灰意冷，辭職不當老師了。

光是讓警察做筆錄，已經費了她大半的力氣，沒時間跟他們寒暄。貝雅瑜的頭還隱隱作痛，護士見狀，趕緊又替她量體溫。

貝雅瑜成天悶在醫院裡，覺得渾身上下都很僵硬，礙於常常無預期的會發高燒，還不被允許去室外活動。

出院的時候，已經進入寒假的最後一天。那天的天色昏暗，風很狂躁。

醫院的自動玻璃門一開，那撲面而來的寒風吹得她髮絲凌亂，貝雅瑜瞇著眼，伸手攏了一攏，空氣雖冷，但又有股說不出口的舒適而自由。

果然是在醫院裡悶壞了。

她抬腕看了時間，下午兩點多鐘，臨時去趟學校也來得及。

貝雅瑜招了台計程車。醫院和學校隔得不遠，不久以後便到了校門口。

一下車，她便聽見那古老的鐘聲敲響，嗡嗡作聲，襯托出一股濃厚的空靈，長空上的潤雲連綿不絕。

貝雅瑜去了班級上瞧瞧，見代課老師正在講台上，就沒有打擾。
她心裡還掛念著件事，此時一道熟悉的腳步聲從身旁傳來，在這安靜的空間裡，清楚分明到了極點。
孟景涵穿了件黑色風衣，更顯身姿挺拔。
輕風吹過，樹葉沙沙的摩擦，細細碎碎的盤旋落地。
她看見他的目光，紛亂的眼神很快的鎮定下來，張了張唇，卻半天擠不出話來，嘴角不經意也帶上無奈又尷尬的笑。
孟景涵等了一會兒，看她異常蒼白的小臉，以及凍得快要發白的手，才關心：「出院了？」
他的嗓音一如初見的好聽，但又有什麼地方改變了，似乎帶有少許的清和與溫柔。
她心念一動，點頭：「剛出院。」
他抬手輕攏了攏衣領，眼神也隨之變回疏離淡漠，低聲說了「保重」，垂眸禮貌的頷首，轉過身逕自離去。
那麼的決絕安靜，完全不提當時的事。
貝雅瑜目送他漸行漸遠的背影，不禁紅了眼眶，心中想著一定要親自去感謝他，便趕緊追了上去，喚他的名字：「孟景涵！」
他腳步一頓，側頭望來。
「這次事情，多謝了。」她說。

他的眸子似有點點笑意升起，像夜空裡的星辰。

♯

隔天，已經正式的進入寒假，貝雅瑜卻有些心神不寧。

現在她擔心的，就是陳弘睿。自從裘冠博的事情，身邊的問題像雨後春筍，一個接一個冒出來，一點消停的意思也沒有啊。

班上學生都考在正常水平上，唯獨他，成績從班上第二名直直掉到二十一。據說他甚至有幾張是交白卷，被代課老師罵了，還很不以為然地回嘴，這讓貝雅瑜再次衡量這件事的嚴重性。

她想，應該是和校外的不良少年勾搭上了，否則怎麼可能一夕之間轉變這麼大？

剛想到這，忽然門鈴一響。貝雅瑜從沙發上站起去開門，卻意外的看見陳弘睿孤伶的站在外面。他雙眼有些紅腫，身上只穿著一件薄外套與黑褲子，凍得嘴唇發青。

陳弘睿比她矮上半顆頭，從上頭看，那隱隱發青的黑眼圈非常清楚。貝雅瑜一皺眉，接著聽他顫著音說道：「老師……請妳幫幫我……」

見情況有些不對勁，她側身請他入屋，先倒了溫水給他。陳弘睿一下子便喝完了，雖然身體明顯放鬆，但還是不減臉色憔悴。

鼻間明顯的充斥一股煙味，貝雅瑜面不改色，沒有想要出聲，而是等著他自己解釋。

過了良久，陳弘睿卻仍然垂著頭不說話。

貝雅瑜終於問：「你是不是該說一下你最近怎麼了？」

陳弘睿瑟縮了下脖子，囁嚅著說：「……老師，妳可不可以收留我一天？」從頭到尾，都不敢與她對視。

貝雅瑜沒有回答。

陳弘睿鼻頭一酸，眼淚一下子潸潸的落了下來：「老師，我已經被趕出家門，沒有地方可以去了。」

貝雅瑜凝望著他，過了好一會兒才說，「我聽說過你學會抽煙了。」

「我會戒。」陳弘睿扯了下衣袖，看起來有些緊張。

貝雅瑜嘆了口氣，起身走到桌旁，「我先打電話跟你爸爸媽媽聯絡，至少要讓他們知道你在這。」

陳弘睿默默點頭，手指緊緊揪著衣擺，顯然之前被趕出家門，對父母還心有餘悸。

「弘睿。」貝雅瑜沉默了幾秒鐘，「你的爸爸媽媽我都認識，他們很用心在培養你。今天把你趕出家門雖然不對，但一定情有可原，對你太失望、太生氣了。」她又問，「是你自己選擇的，還是別人指使？」

「別人教的。」陳弘睿有些躊躇，「……他還慫恿我去吸毒，但我真的沒有，不管怎麼解釋，我爸媽還是不信……」

他眼眶泛紅，橘黃色的燈光照亮容顏，只見左耳上還有一排閃亮的耳釘。

貝雅瑜眼神複雜的移開目光。

結果，陳弘睿的父母對他的失望，已經遠遠超過了想像。聽到他在貝雅瑜家裡，也只是有點驚訝而已，可並沒有要插手的意思。

貝雅瑜叫了外賣，給正餓著的他填了填肚子。似乎除了讓他先待在她這裡等家長氣消以外，已經沒有其他更好的辦法了。

「今天先住在這裡，明天一早我帶你回去道歉。」貝雅瑜說。

陳弘睿悶悶的點了點頭。

事情就這麼定了下來。

隔天，貝雅瑜剛開了房門，便見到他將棉被疊好整齊的放在旁邊，桌子都收拾乾淨，上頭還擺著小籠包子和豆漿。

到底還是個懂事的孩子。

兩人很快就出發。陳弘睿的家離的不遠，昨天他便是獨自步行而來，所以現在幾分鐘內就到達了。

出來開門接應的人是陳媽媽，容顏憔悴。她友善笑了笑，說：「貝老師，讓您親自來一趟真不好意思。」

陳爸爸這時也從裡面走了出來，眉宇間有些凌厲，不動聲色的斜睨了眼陳弘睿，爾後朝貝雅瑜說：「老師請進。」

他們沒有讓陳弘睿進門，就把他晾在外面。

貝雅瑜跟陳爸媽談了好一陣子，才知曉了事情原委。果然跟她猜測的如出一徹，是陳弘睿最近被一名二十來歲的混混給纏上了。

是這樣的。

當時陳弘睿趁著父母不在家，放那人進門，卻被剛買完菜回家的陳媽媽撞見。那男子和陳弘睿相對而坐，手中拿著一紙白粉，徐徐捲起，正想拿打火機點上。

毒品。

「那人當時看見我，很識趣的直接離開了。」陳媽媽紅著眼眶道，「我仔細記下了長相，西裝筆挺的，皮膚白，五官也年輕俊秀，如果不是親眼看見，我很難相信是專門來慫恿我兒子幹這檔事的人。」

陳爸爸一插嘴：「我們當時報警了，鬧得鄰居都知道我兒子跟黑道混在一起，結果那男人還是沒抓到。」

貝雅瑜低著眼簾，聽的很認真，思量著問：「你們還打算讓弘睿回家嗎？」

陳媽媽沉默不敢說話，陳爸爸卻是雙眉一豎，嗓門大了起來：「那不孝子還敢回來？」陳媽媽嚇了一跳，趕緊拍了拍他的肩膀，示意他坐下。

陳媽媽沒有表態，但光看陳爸爸的模樣，貝雅瑜也知道這個家庭已經不歡迎陳弘睿了。一事無成，她出了陳家，便看見陳弘睿垂著頭坐在樓梯口，背影落寞又孤單。

陳爸爸心情不佳沒有出來送她，而陳媽媽則是已經哭腫了眼睛，說：「貝老師，您真的不用操心，就讓他在外面挨餓受凍一會兒，看看會不會學乖……說不定到時候我丈夫便氣消了。」她語氣有些顫抖。

貝雅瑜只微微點頭，卻沒有表態，轉身拍了拍陳弘睿的頭，招呼道：「走了。」

陳弘睿抬眼看她，眼睛裡蒙著一層朦朧的淚，目光有些疑惑不解。陳媽媽見她願意帶他離開，感激的笑了。

貝雅瑜則對陳弘睿說：「在這寒假期間，你得把亂七八糟的東西全部戒了。」

♯

雖然沒能將他送回家，但另一方面的事情進展的倒是順利。

還好陳弘睿毒品還沒真碰，所以事態沒有發展到太嚴重。只是他戒菸時期總是特別嗜睡，然後常沒由來一陣煩躁，手便探到口袋裡去掏煙盒。

貝雅瑜偏頭看他。陳弘睿空空如也的口袋裡，他的手指煩躁的不斷磨蹭，連眉頭也緊皺著。

這幾天內，她又教他很多功課，把之前不會的補回。陳弘睿也總是懂事的聽著，並沒有異議。

寒假的第二個禮拜中，他沒了原本的心浮氣躁，已經可以說是完全恢復原本的生活步調，但也是他抽菸不到一個月，還未完全成癮，才這麼好戒掉。

假期即將結束。

已經一陣子沒見面了，陳爸爸和陳媽媽聽到他們要來，就老早等在門口迎接。

貝雅瑜和他們說煙癮戒了，陳媽媽卻滿腹疑惑的問：「毒品呢？」

「我都看著，沒看見他有什麼毒癮，看樣子是真的沒吸過毒的。」她解釋。

「只有吸菸嗎？」陳媽媽有些驚訝，「我丈夫以前也吸過菸呢。」

陳爸爸嚴肅的表情終於有些鬆動。

送完了陳弘睿，她完成了一樁心事，便放鬆心情到了家裡附近的超市去採購些日常用品。琳琅滿目的東西擺放在物櫃上，她細細揀選著，便推著購物車去結帳。等到付了錢才恍然發覺，她今天是走路來的，沒有開車。

貝雅瑜只好提著兩個大購物袋子回家。

街旁路燈昏暗朦朧，她兩手沉甸甸的難以行走，終於到了半路，把它們放在路邊自己歇息一會兒。

雙手提得有些疼，掌心有兩痕紅印正隱隱作痛，她嘆了一口氣，甩了甩手要繼續奮鬥。

咦？

瞇了下眼睛，果然沒錯，孟景涵從不遠處走來，身影融入了整個夜色中，穿著深色長外套，臉色清冷沉靜，沒看見她。

貝雅瑜微微一笑，叫住道：「孟先生。」

孟景涵隔著幾步之遙，看見是她，有些意外地愣了下，隨後似乎友好的彎唇，目光不動聲色的掃過放在她兩側的購物袋。

她說道：「真巧，能在這裡碰見你。你住在這附近嗎？」

「工作的地方在附近。」他回答。

貝雅瑜想起他是歌手，若是工作，那就要去錄音室吧？她佯裝若無其事的說：「那孟先生先忙，不要耽誤到時間了。」

孟景涵低頭深深的看她一眼，之後便無多言，轉身離開。

她剛想起還有兩大袋東西需要奮鬥，然後又看著他的背影，一個不可思議的念頭從心底竄出：「孟先生！」

他腳步一頓。

「如果順路，」她沒由來的被自己要說的話給逗笑了，「可以幫忙把東西提到我家嗎？」

明顯的，孟景涵眉頭輕輕一蹙。

她清亮的眼睛含上了笑意，柔順至極的墨髮披在腦後，透著清新淡雅的味道。一時之間，他薄唇緊抿，找不到拒絕的言詞。

和幾年前的她一樣。

貝雅瑜兩手空空的走在路上，不動聲色的瞄一眼。他身姿依舊筆直硬朗，有力的手扣著購物袋子，步伐穩重。

到達了家樓下，孟景涵才將它們放下，門前的感應燈忽然一亮，照亮了他乾淨白皙的臉龐。

她走到樓梯口，回頭一看，他仍站在那兒。貝雅瑜微微一笑：「要不要進來喝杯茶？」

「不用。」他幾不可查地笑了下。

「那……再見。」

他輕輕「嗯」了聲，目送了她上樓後，才伸手將掛在脖子上的耳機戴上，想起了貝雅瑜不同地方的生活方式。

在學校教書認真拘謹的模樣、當日遇上搶劫時無助的模樣，以及現在，休閒平凡的模樣。

他勾起唇角，輕輕地，平緩地笑了。

♯

貝雅瑜上樓，第一時間便是拉開窗簾，發現孟景涵的身影已消失。

事後她打理好自己，想著也沒別的事情做，便早早躺在床上，很快就入睡了。貝雅瑜心中有個念頭不斷徘徊：欠他太多情了，有朝一日，定要好好報答他。

隔天，旭陽初升時她便醒來。她看見遠方模糊的山巒透著曦光，千里迢迢的照進房間的窗，灑一地柔和的明亮。

一封簡訊鈴聲響起，是由貝媽媽傳來的，令貝雅瑜原本頗好心情瞬間跌落谷底。

她想也不想的便把手機丟回床頭，眼不見為淨。

洗漱完了，她上妝換衣便提著包出門。今天是寒假的最後一個禮拜，學校開會討論開學的相關事務，所以她又得過去一趟了。

到了學校時，其他老師已經到齊在會議室等候著，她才剛入座，不久後他們便開始交談起來了。這些都是每次開學前的對話，貝雅瑜聽著聽著便有些不耐煩，到了後半部，更是昏昏欲睡起來。這場會議長達兩個小時，結束之後，貝雅瑜從位子上站起身時，渾身都有些酸痛了。

夏司宇走來和她打招呼，兩個星期未見，他倒是顯得清朗許多：「辛苦了。」

她微微一笑，說：「我在那乾聽著就行，可是那些開學前的事宜，都是你要做的，是你辛苦。」

夏司宇和她並肩邁出長廊，四周豁然開朗，眼前是兩排擎天的椰子樹大道。

只見孟景涵靜靜負手佇立在其中一顆椰子樹下，陽光透過樹葉打在他側臉上，形成一道斑駁的陰影。

他身旁有個女人，黑色的秀髮，眉目清秀可人，紅唇微微抿著，依稀帶有淡淡的笑意。

她看見夏司宇，熱絡的招呼了過來：「司宇，司宇！」

夏司宇揮了揮手，孟景涵聞聲也看了過來。貝雅瑜只覺得心頭一抹沁涼掠過，也朝著他笑了。

他禮貌的頷首。身旁的女人見到她問：「這位是誰？」

「國二的貝老師，不要失禮。」孟景涵淡淡的說。

女人乖乖「哦」的一聲，一抹笑意在眉梢間蔓延開來：「貝小姐，對不起，我已經好幾年沒來這學校了，所以不認識這裡的人。」

貝雅瑜聽她說話挺溫婉親切，覺得她是個不錯的女孩，於是你一言我一句，很快的聊了開來。

原來她叫孟惜晴，是孟景涵的親妹妹，在十七歲的時候就去澳洲留學，直到上個禮拜才回來，今年已滿二十二歲。

貝雅瑜不由自主的看向眼前挺拔高瘦的身影，孟景涵正和夏司宇走在前頭，低頭不知道在交談什麼，頓時心中有些感慨，原來他有個這麼漂亮的妹妹。

「妳喜歡我哥哥嗎？」孟惜晴發現她的目光，便笑眯著眼睛問。

貝雅瑜沒料到她會突然這麼問，有些詫異，隨即失笑的搖了搖頭。

「那就好。」孟惜晴靠近了些，附耳低聲說，「別看那斯斯文文的樣子，其實他常欺負我的，嘖嘖，簡直衣冠禽獸。只是那張臉皮害人不淺，很會招蜂引蝶，我趁妳還沒被騙之前先提醒一聲。」

貝雅瑜第一次聽到有人說他壞話，不免起了興致，笑著附和了句：「果然人不可貌相。」

孟惜晴一臉妳懂我的哀痛表情，聲音頓時拔高：「沒錯！我終於找到知己了！」之後便收到孟景涵回頭一記淡淡的警告目光，趕緊閉上嘴巴裝死，氣勢一秒弱了。

此時，他們已經走到了校門口。大家回家的方向都不同，孟惜晴有些不捨，便提議要一起去吃午飯。

貝雅瑜想著待會兒也沒事做，便順口答應下來。

他們去了一家餐館，才剛進門，貝雅瑜就覺得氣氛不一樣。空氣中沒有一絲油煙味，四周清理得乾淨又簡潔，裝潢擺設也雅緻舒適。

服務生領著他們入座，那是個僻靜的角落，帶有轉盤的圓桌。孟惜晴和夏司宇坐在一起，孟景涵身旁是唯一的空位，貝雅瑜倒也不彆扭，自然而然的落座了。

她只叫了碗清粥和小菜，孟惜晴卻嚷著會營養不良，硬是又叫了滿桌子的大魚大肉。

等到服務生都端來了，貝雅瑜不禁有些愣神，這麼多怎可能吃得下？

孟惜晴笑著挨了過來，夾走她碗裡的肉，笑嘻嘻道：「不用擔心，今天我哥買單，他可有錢了。」

孟景涵冷眼掃來，胡鬧。

孟惜晴摸摸鼻子，識趣的又坐回椅子上，只是嘴角不可掩飾地上揚著。

孟景涵白皙俊逸的側臉上，一如既往的雲淡風輕，垂著眸，長長的眼睫在眼下投下一層薄薄的陰影，那修長的手指在桌面上一點一點的。

貝雅瑜暗暗想，雖說是兄妹，但個性當真是一點兒都不像。

這餐因為孟惜晴氣氛一直都挺活躍的，總是滔滔不絕的說在國外發生的事，以及感嘆台灣老家變得多少。貝雅瑜從她隻字片語內發現，原來她和夏司宇是青梅竹馬，所以他們也很早就認識了，這發現讓她頓時覺得自己座在這顯得有些多餘，但又不好意思中途離開，便靜靜聽著他們說話。

夏司宇目光不經意的掃向一旁的貝雅瑜，只一頓，繼而又不著痕跡的移開。

酒足飯飽後，孟景涵去櫃檯付賬，那身姿依舊挺拔安靜，神色平和如水，少了以前那股淡淡的疏離氣場。

「雅瑜。」孟惜晴見他一走，便熱絡的挽住貝雅瑜，噘嘴道，「妳明天晚上有沒有空？可不可以陪我去逛街？這裡的路我都不熟啊，都沒有人要陪我一起。」

貝雅瑜剛想答應，手機鈴聲忽然響起。

將手機掏出來，看見來電者是貝媽媽，心中一下子沉落谷底，知道和貝媽的談話必定許多糾紛，便回頭說：「抱歉，出去接個電話。」

她拎起包走到門口，確定不會吵到人後才接通。果不其然，那頭傳來貝媽媽尖銳的聲音：「有沒有看過簡訊了？」

貝雅瑜想起早晨不讀不回的簡訊，如實回答：「沒，怎麼了？」

那頭傳來貝媽媽深深的呼吸聲，似乎正在平復她暴怒的心情：「妳如果不現在趕過去，信不信我把事情告訴爸爸？」

貝雅瑜還沒聽懂她話中含意，電話卻已經被掛斷了，這通話罕見的在幾秒鐘內便結束。

她依言找了簡訊欄查看，點開貝媽媽早晨發的訊息後，呼吸瞬間一滯，怒火從心底蔓延開來。

竟然是一名男子的資料與赴約時間，要她去相親？

一股念頭忽然躁動了起來，她將簡訊刪了，決定不去搭理。

夏司宇從餐館裡推開玻璃門出來，見她的臉色不太好，關心問：「要不要送妳回家？」

「我有開車來。」她回。

之後，她告別了一干人，先自己回家。孟惜晴輕扯下孟景涵的衣袖：「哥，她好像跟其他女生不太一樣。」

孟景涵聞言抬眸，看著貝雅瑜漸行漸遠的身影。

孟惜晴笑了，眼睛像彎月一樣：「雅瑜很獨立呢，自來自往的，卻一點兒架子也沒有。」

孟景涵沒再說話，逕自走了。

孟惜晴窮追不捨的說：「而且長得挺漂亮的不是嗎？」然後回頭朝夏司宇揮手，「司宇再見！」

夏司宇淺笑著頷首，朝著另一端走了。

一台黑色的寶馬停靠在路邊，孟惜晴聽到開鎖聲喀擦，先拉開副駕的門坐了進去。孟景涵輕輕皺眉，彎腰敲了敲玻璃。

孟惜晴滿腹疑惑的將車窗搖了下，卻聽到他沉聲命令：「坐後面。」她不明所以，但還是乖乖換了位子，溫吞的向後爬去。孟景涵這才繞到另一側進車。

一路上，他骨節分明的手輕輕搭在方向盤上，開得很穩，四周景物就像跑馬燈，不斷的倒退消逝。

外頭陽光透過枝椏照射下來，他側臉輪廓白皙乾淨，身姿秀雅。

孟惜晴雙手平放在膝蓋上，多話的她和兄長共處下，也不敢太過聒噪了。兩人無話，就這麼忽然安靜下來。

#

之後，寒假便正式告終，迎向了開學。

枯燥的典禮過後，學生們紛紛回到教室裡上課。貝雅瑜靜靜站在講台上，看大家臉上的光彩，劈頭就說：「寒假功課交出來。」

台下登時一陣鬼哭狼嚎。許多同學都沒有好好做功課，就留在位子上裝死，神情一個比一個緊繃。

貝雅瑜嘆了一口氣，看著手中寥寥數本作業，想著如何開始施加壓力。

然而此時陳弘睿卻走到前頭，將手中的功課交到講台上，含著靦腆的笑。明明整個寒假期間內度過了風風雨雨，但他仍在最後的幾天內，把作業連夜趕完了。

有些時候，收穫往往比付出的更加多。貝雅瑜看著他，頓時覺得倍感欣慰。

或許便是這原因，才令她愛上老師這職業。

清風透過窗戶吹了進來，變得溫柔婉約，捲著素色簾子上下起伏，周而復始，吹得滿室都花兒馥郁的清香。

一抹歌聲如山澗潺潺的清泉，音律優美，流淌在每個人的心間。天上的雲彩紅似血，不斷的疏卷渲染，四周彷彿瞬間靜謐無聲，景物也盎然失色。

第三章：絕世獨立

當天晚上回到家，窗戶正透著微微的薄光，貝雅瑜頓時覺得不對勁。她記得出門前有把電燈關起來的。

白色的窗簾霍然被拉開。

貝媽媽正在裡頭，厚外套還未換下，臉龐明顯比以前消瘦不少。她看見貝雅瑜站在外頭，一下子站了起來，噠噠地踏著厚重步伐去開門。

貝雅瑜一下子冷下臉來。貝媽媽已經開門站在玄關處，一雙藹眉豎著，指著她的臉：「妳、妳！」卻氣得說不出半句話來。

貝雅瑜淡聲問：「怎麼進我家的？」

「這還用說？請鎖匠開的。」貝媽媽放下手，一下子也冷冷笑了：「別忘記在法律上我還是妳的媽媽，有權決定妳所有的事情。」

貝雅瑜充耳不聞，直直邁進了家門。貝媽媽卻不依不饒的從後面追來，聲音尖銳起來：「好，妳可以不認我為母親，反正我跟妳本來就沒有血緣關係。」她語調一轉，「但難道連妳親爸爸也要棄之不顧？」

貝雅瑜這話聽了已經百次千遍，不由得開始煩躁起來。

貝媽媽冷哼的一聲，環起手：「妳爸爸病情又更嚴重了，他整天嚷著要妳找個人嫁了。」她又說，「如果我和他說妳不願意相親，不知道他會作何感想？」

貝雅瑜抿了抿唇，沉默不語。原本火爆的氣氛就這麼突然冷冽下來，令人有些喘不過氣，隱隱約約只聽得見牆上時鐘清脆的滴答聲響。

她回過頭，「我去總可以了吧？」

「算妳識趣。」貝媽媽擺上了勝利的笑容，似乎也不想久待，只在臨走前狠狠瞪她一眼，便揚長而去了。

♯

每個女孩子都曾有個無比憧憬的願望——嫁給自己一心一意深愛的男人，然後一生一世過著幸福快樂的日子。

但現實中並沒有白馬王子，就算有，也往往不會屬於自己的。

現在的她覺得自己過得頗好，而且經過和裘冠博的交往經驗，她開始覺得婚姻可能只會徒增麻煩，把人生搞得一團糟。

長話短說，要逼她找男人？沒門。

她塗了大艷的口紅，亮白色的粉末打得滿臉都是，出門的時候，引得路人頻頻回頭。

她搭了計程車過去，司機往後視鏡一瞄，差點沒嚇吐血。這女人怎麼長得人不人鬼不鬼的？他再也不敢想，迅速把她載到飯店去了。

下車以後，入眼的是家豪華的高級飯店，服務生倒是沒有多作表態，只淡定盡責的領著她進門了。

貝雅瑜到了窗邊靜雅的角落。那兒坐著一名男子，西裝筆挺的端坐在位，長得就是……一臉小白。這就是張媽媽給她安排的相親對象，據說是個小康家庭的獨生子。

「請問您是陳瑞嗎？」貝雅瑜親切的笑眯眼睛，腦裡運轉著事先背好的台詞，「我是貝雅瑜，遲到了一個小時真抱歉。」

等了半天的陳瑞正在發呆，忽然嚇了一大跳，盯著她突然逼近的臉孔，睫毛上黏著結塊的睫毛膏，黑乎乎的眼影渲染得到處都是，粉底厚厚一層鋪在臉上，俗氣的大紅唇也明顯的塗了出去，根本看不出原來的面貌。

他的笑容有些僵硬：「貝小姐請坐。」貝雅瑜聞言一屁股坐在他對面。

陳瑞從口袋中翻出相親資料，照片位子上明顯是個明眸皓齒、風姿綽約的女孩啊！他乾笑幾聲：「貝小姐長得跟照片上……稍微有些不一樣。」

「是啊。」貝雅瑜向服務生點了杯咖啡，淡淡的回答，「最近修片技術也越來越複雜了，我本人看起來還是比較自然。」

他們有一搭沒一搭的聊著，陳瑞明顯有些退縮，這讓貝雅瑜心中漸漸定下來了。

低頭一看，猛然發現咖啡上浮著一層從臉上脫落下的白粉，心想今天的妝容似乎擦得真的有些過分了。

她恍惚的瞇眼，一手撐頰，注意到一抹筆挺的身影佇立在不遠處。

清瘦、安靜且沉穩。

貝雅瑜覺得有些眼熟，又瞇眼定睛。

在昏黃的燈光下，他垂著頭，露出的一截後頸修長白皙。此時他微微側過頭，那眉似工筆白描的遠山，鼻樑挺直，紅唇輕抿，渾身清透而疏離。

這樣的氣質，非孟景涵莫屬了。

他彷彿察覺到貝雅瑜的目光，幽暗深邃的眸子掃了過來。

貝雅瑜在這裡遇見他也很訝異，想起自己可怕的濃妝，不假思索的抽起菜單擋臉。

前面陳瑞嘴角一抽：「貝……貝小姐還要點菜嗎？」已經吃不少了啊。

「當然。」貝雅瑜睨他一眼。

孟景涵的確是看見她了，眉頭輕蹙了起來，目光不動聲色的瞥過陳瑞。

陳瑞只覺得背脊一涼，趕緊揮手告辭：「貝小姐，今天就先到這邊，您還是慢慢吃……我們果然還是算了吧？」

貝雅瑜抿唇一笑：「嗯，真不好意思，讓你特地過來一趟。」這話出自內心，畢竟對方是認真來尋佳偶的。

陳瑞迫不及待的離開了，那腳步慌亂到有些踉蹌，很快就消失在餐廳門口。

貝雅瑜目光投向孟景涵剛才佇立的地方，卻見他已經徐徐走來。

深色的襯衫西褲，紅唇輕抿。

隨著他的腳步聲，沉穩有規律，貝雅瑜心中一點一點的提了起來。直到他已經走到桌旁了，停在她身側。

孟景涵靜了下來，靜到她覺得他已經離開。

此時，他卻伸出修長的手……緩緩的、輕輕的，撥開她臉上的菜單。

貝雅瑜迎面便撞上他的目光，臉頰一紅，幸好在濃妝下看不到。她咕噥道：「孟先生……」

孟景涵垂眸看她，身材高挑得給人一股壓迫感，嗓音低沉醇厚，含著一絲笑意：「今天的貝小姐看起來……」修長的手緩緩收回身側，眉頭輕皺，看起來在思考適當的詞彙，「與眾不同。」

貝雅瑜下意識避開他的目光：「親自過來，就是為了嘲笑我？」

孟景涵沒有答話。

她終於受不了這種氣氛，抓起了包包，凝視著他，一字一句的說：「我去洗手間。」爾後頭也不回的離開。

貝雅瑜不知道自己的背影落入他的眼，就像落荒而逃。

她有帶卸妝用品來，想也不想的全部洗得一乾二淨。她看見素顏的自己滿意多了。

出去以後，早已沒有孟景涵的蹤影，她愣了下。

走到餐廳門口時，那西裝筆挺的服務生從一旁遞來一張薄薄的紙張，說：「孟先生給您留的，他說惜晴小姐想聯絡您。」

上面的字跡和他如出一徹。清和，雅緻，順暢如行雲流水，透著一股蒼勁的淋漓。

一行簡單的住址與電話號碼。

貝雅瑜在回家的路程中，手中握著紙張，有些心神不寧，腦海中重複著幾字：慘了，沒形象了。

#

孟惜晴趴在家裡的沙發上，百般無聊的轉動著電視節目，最後索性將遙控器一扔，躺下閉目養神。

門口突然傳來清脆的開門聲，只見孟景涵徐徐走了進來，眉目間的清冷被玄關處的燈光照得柔和一些。

他熟稔的將外套一排鈕扣解開，邊走到廚房接了杯水。

孟惜晴抱著膝蓋看著，他仰頭飲著水，白皙的脖頸處線條清晰，那性感的喉結微微上下滾動。

她很快的移開目光，咕噥道：「哥，我好無聊。」

這哥哥是不可以亂意淫的。他雖然長得俊美如天神……咳，但她可招架不住。

孟景涵掃她一眼，她在家裡果然待悶了。

孟惜晴又繼續碎念：「這裡都沒有朋友啊，小時候的同學也都分道揚鑣，根本聯絡不了。夏司宇又好忙，而且男女授受不親，呵呵呵……」然後語調一轉，笑咪咪的跳到他面前討好，「所以哥哥啊，你有幫我約雅瑜了嗎？」

耳邊，傳來他低沉的嗓音：「嗯。」只見他俐落的將外套拋在椅背上，邁開長腿走上樓梯。

孟惜晴一愣之下，猛然爆出了歡呼。

孟景涵聽見客廳傳來的騷動，有些無奈。不知不覺間，嘴角卻也感染上了淡淡的笑。

孟惜晴很快的便接到了貝雅瑜的電話，聽出貝雅瑜的心情不錯，正好自己也開心著，於是倆人毫無節制的聊到了凌晨一點。

原來今天貝雅瑜去相親，她是被家人逼的，所以便故意畫了濃妝去。果然戰略很管用，那男人避她如蛇蠍，臨走前很狼狽，如此一來，是人家對她不滿意，她有赴約，貝媽媽也責怪不了。然而就在此時，孟景涵便碰上了貝雅瑜，把孟惜晴拜託的事情傳達給她。

孟惜晴不禁腦補起自家哥哥搭話的模樣，嘖嘖了下，笑了：「瑜瑜，妳有沒有覺得小鹿亂撞、怦然心動？」

電話那端沉默了下，貝雅瑜也笑了：「我頂著滿臉的白粉，只覺得很丟臉。」

兩個人聊的正歡，時間飛快的過著。

孟惜晴卻看見孟景涵從臥室裡走出來，清俊的臉彷彿能冰凍三尺……她渾身顫了顫。

她忽然不說話了，貝雅瑜皺了皺眉：「怎麼了？」

回答她的，是道溫涼低沉，緩慢而清冷的嗓音：「打擾妳太久，先掛了。」

嘟……嘟……嘟……就這麼沒了。

貝雅瑜腦袋一片空白，回神才知道那是孟景涵。看了眼時鐘，嗯，聊了三個小時，確實太久了。

她傾身將床頭的燈關了，一時之間，一室回歸暗沉。

然而孟惜晴那裡，情況可就沒這麼樂觀了。

她聽見自家兄長的話，只覺得這咬字格外清晰流暢，搞得她一下子風中凌亂，瞬間石化了。這是要蠟燭鞭子伺候她嗎？她不是M啊！

哪料孟景涵掛斷電話後，他看也不看她一眼，逕自離開。

低氣壓瀰漫開來，空氣中靜靜飄揚著他的嗓音：「一個月不許用電話。」

身後，一陣鬼哭狼嚎。

幸好她和貝雅瑜已經約好了時間地點見面，才沒有完全失去聯絡。

而且……

孟惜晴豎起大拇指，雙眼發光：「哥不準我用電話，難道我不會用手機嗎？」這哥哥真悶騷，明明還不是貝雅瑜男朋友，就要管人家的私生活了，這是侵權啊！她要跟未來嫂子告狀！

翌日，貝雅瑜和她走在夜市裡。此時華燈初上，人潮洶湧，擁擠下倒開始覺得天氣熱了。

貝雅瑜聽見她鑽牛角尖的言論，眼前浮現出那張高深莫測的清俊臉孔。孟惜晴想得到的，他會不知道嗎？怕是故意放水吧。

孟惜晴口中哼著不成調的曲子，心情愉快的挽著她，進入了百貨公司。

喜事接踵而至。

貝媽媽得知貝雅瑜有去相親，即便是成果不理想，但畢竟也不敢強求太多，所以暫時沒有吭聲。

學校的陳弘睿成績則是突飛猛進，排上班級第一，且整潔秩序良好，連對人的說話方式也成熟有禮不少。

♯

貝雅瑜去找夏司宇拿資料的時候，他正坐在辦公室內，電腦螢幕的淺色光芒照在他臉龐上，清朗認真。

他抬頭看她，朝著印表機抬了抬下巴，說：「妳要的資料我已經提前印好了。」

「謝謝。」她走過去拿，白皙的手還未碰到紙張，卻聽見夏司宇聲音從後方傳來：「雅瑜。」

她回頭，只見夏司宇嘴邊帶著淡淡的笑意：「恭喜妳，我都聽說了。」

貝雅瑜也勾著唇角，心情極好的笑了。

手中的紙上，餘溫仍未散，溫暖盈滿了整個掌心。

♯

時間過的飛快。不知不覺，已經邁進了春末夏初，天氣日漸炎熱起來，灰塵飛揚，太陽燦爛而蓬勃。金色光芒如水流慢慢傾瀉，透過密密層層的枝椏與樹葉，在地上印滿了光斑。

貝雅瑜盤腿坐在家中客廳的榻榻米上，一頭黑髮低挽，正垂頭專注改著孩子們的作業。手機忽然鈴鈴的響起，她皺了皺眉，一手握著紅色原子筆，另一手將它接通，微微側著頭把手機夾在肩膀間，手才回去壓本子。

打來的是孟惜晴，她劈頭就說：「瑜瑜，我好無聊喔！」

聽著她哀怨的語氣，貝雅瑜彎了彎唇：「今天不能陪妳了，我很多作業還沒有改。」

「哎？」孟惜晴語調降了不少，咕噥：「好吧……」爾後她腦筋一轉，忽然拍桌而起，「我知道了！妳來這裡，我陪妳一起改作業，改完再一起去我家附近的百貨公司怎麼樣？」

「不用。」貝雅瑜看著機堆成山的考卷與作業，壓了壓眉心，「真的太多，改完都已經沒時間出門了。」

「安啦。」孟惜晴笑著說，「小時候交換改作業的時候，我可是都一次對好幾本哦！」

將信將疑之下，她把書本裝進紙袋裡，出門招了計程車。

孟惜晴的家是個小型別墅，精緻漂亮，前後都有廣大的花園。貝雅瑜第一次過來，以至於到達的時候有些驚艷。

孟惜晴已經在門口等了，看見車停在路邊，就小跑步過來替她搬書進去。

貝雅瑜看她白皙的小臉上透著些許細汗，神情有點落寞，便伸手拍了拍她的肩：「怎麼了？」

孟惜晴抬起頭來，嘴巴一癟：「我哥在家裡，我們又不能盡情的享受時光了。」

貝雅瑜才剛跨過門檻，聞言腳步一頓，沒有答話。

玄關處牆上掛著小巧的水晶燈，透著橘紅暖色的光芒，襯得整個空間優雅靜謐。

孟惜晴將門輕輕關起，然後在她腳前擺了雙女士拖鞋，便抱著書本走進去了。

邁進客廳時，貝雅瑜便看見了孟景涵。

他穿著淺色薄外套，略微低著頭，長而微捲的睫毛在眼下投下一層陰影，面部線條如刀削般深邃，五官舒展，唇角淺淺勾著，添了一分懶散與不羈。

貝雅瑜第一次見到他在家中的模樣，溫雅隨意，少了在外面的清冷。

「我去給妳倒杯茶，東西隨便放著就好。」孟惜晴有自家兄長在身邊，聲音壓低了幾分，之後頭也不回的走向廚房。

孟景涵這才緩緩抬眼，看見了貝雅瑜，只是頷首。貝雅瑜朝他一笑，便移開了目光坐在一旁。

雖說剛進門的時候舒適怡人，但坐在他身旁，她不免還是覺得有些拘謹了。時鐘仍緩慢的向前推動著，發出喀搭喀搭的細細聲響，漫長又熬人。

孟景涵仍低首，神色認真的看著幾張紙，貝雅瑜目光不由得落在他手上，白皙修長，骨節分明，拇指輕輕的摩挲過紙沿，發出幾不可查的沙沙聲。

她順著看去，那張紙上畫著繁雜的音樂符號。

孟惜晴這才從廚房出來，手上拿了兩杯斟半滿的茶，隨意的擱在桌上，然後捲袖子，抽起一疊厚厚的考卷，一臉「速戰速決」的表情開始奮鬥了起來。

一時之間，四周靜謐，只剩筆在紙上劃出的聲音。

過了一會兒，孟景涵站起了身，向著內房走去，眼角輕掃，貝雅瑜的身影一閃而過。她靜靜的端坐在位，低頭專注在改作業，額前的一綹髮絲散落在白皙的頰上，她仍絲毫未覺。

這作業改完，便已經接近黃昏時分。

她將筆擱在一旁，轉了轉有些發酸的手腕，而身旁的孟惜晴手交叉於桌，頭枕在上面，已經睡著了。那原本充滿幹勁的女孩呢？貝雅瑜不禁彎起嘴角。

她輕搖她的肩：「起來了。」

孟惜晴眉頭一皺，囈語道，「哥，不要煩我。」然後頭一扭，轉向另一側繼續睡。

天空晚霞纏綿著昏暗的線條，透進了窗戶，令整個地板都沐浴得色彩斑斕。

貝雅瑜也有些累了，看著天色還沒暗下，便趁機闔起雙眼小憩片刻。

耳邊，還充斥著孟惜晴均勻的呼吸聲。

#

她起來的時候天色已經澈底暗下了，望向窗口，只見蒼穹上的彎月邊點綴著細碎的星辰。

她背後被披上一件薄毯，孟惜晴則是和毯子捲成繭型，倒在沙發上還在呼呼大睡。

門口發出清脆的聲響，只見孟景涵從那兒緩步走來，溫涼平靜地問：「醒了？」

「嗯。」貝雅瑜將薄毯折好，朝他感激一笑，「謝謝你。」

她雖然剛醒，眼神卻已經清亮有神采，聲音也沒有一絲睡意了，但她臉頰上有些未散去的紅暈，襯著那雙眼眸，廣闊無垠得彷彿從雲霧裡探出，那麼清澈，又那麼的迷離。說眼睛是心靈之窗，大概莫過於此了。

「我送妳回家。」孟景涵移開視線，走回門口去拿掛在牆上的鑰匙。

貝雅瑜看著他筆挺的身影，白皙乾淨的側臉眉目俊秀。她想起那堆積成山的書本，倒也不矯情，兩手提著便跟在他後頭。

他一開門，迎面而來的便是股好聞的沁香，不知道是不是前院傳來的花香。

這裡的車庫就在正門左邊，它外面車庫的門漆成了白色。貝雅瑜聽見那響動的鈴，之後紅色提示燈便開始的轉動起來。

鐵門半開，孟景涵便先邁開長腿進去了，那背影被燈光照得朦朧，有那麼一瞬間，生出與世隔絕的孤傲清冷，彷彿塵世間所有紛紛擾擾，都不足以令他駐足片刻。

貝雅瑜靜靜地跟在後面，進了一台黑色轎車。他繞到另一側進來，俐落的關起車門。

車子很快的上了馬路。這時的車流並不是很多，偶爾才見一兩台從窗外掠過，所以倒是順暢無阻的通行著。

孟景涵開得很穩，臉龐上一如既往的雲淡風輕，那雙眼眸在夜色下像黑曜石。

貝雅瑜不是很了解孟景涵，只知道他喜靜疏離，所以一路上她都沒有開口搭話。

約莫十五分鐘後便到了她的家樓下。貝雅瑜將安全帶鬆了，然後回頭凝視他：「謝謝你。」沒聽到回答，她就拎著裝著書本的紙袋下車。

快走到家門前時，她卻聽見一道低醇溫潤的嗓音從身後傳來，似山澗的清泉，令她心頭不由得掠過一絲涼意。

「惜晴給妳添麻煩了。」回頭，卻見他已將車窗搖下，眼睛盯著她，臉部輪廓如刀削般清晰分明，「下次有空再來。」

那聲音被風婉約的捲走，很快便消散於空中。貝雅瑜聽到，不禁展開了一抹笑：「一定會的。」

♯

孟景涵最近去學校去得愈發勤了，他的身影時常出現在校園裡，輕而緩的踏著階梯上明德樓，總是讓她不經意的撞見。

便如此時。

孟景涵佇立在操場上，一身白色襯衫西褲，身姿挺拔高瘦，注視著蹲在旁邊的女孩。貝雅瑜清楚地看見了孟景涵，卻是現在才發現那女孩，她身型嬌小，頭埋在雙膝間在哭泣。

正在她覺得性子冷情的他會轉身離去。他卻……緩緩地、耐心的蹲下身與女孩平視。

不知道和她談了些什麼，女孩擦乾了淚，點了點頭，然後一拐一拐的朝著保健室走去。孟景涵就這麼目送著她直到背影消失在門口，他才徐徐離去，彷彿什麼也沒有發生過。

夏司宇正從辦公室裡出來，便看見在欄杆邊出神的她，問道：「怎麼了？」

天氣有些灼熱，她白皙的額頭上有些薄汗，聽見他的關心，瞇了瞇被太陽照射的眼：「沒什麼，就是有些感慨。」

夏司宇沒聽到下文，也沒有再詢問下去，待在一旁靜靜的看著遠方樹影婆娑。

她的思緒逐漸悠遠。

孟景涵在她心中的地位既模糊又複雜，記憶中他清冷寡淡，禮貌且疏離，卻是在最需要幫助時輕輕的扶一把。

如今親眼看見他對待孩子耐心認真的模樣，才第一次正式思考他是怎麼樣的一個男人。

成熟、善良、不求回報。

這些形容詞好像一遇上這男人，皆瞬間被大海吞噬了般，剩下的寥寥無幾，沒有幾個合適。

她雙手托腮，索性不想了。

有些事情久了自會浮出水面。

#

孟惜晴向她透露了不少關於孟景涵的事情。

「輕歌聽過吧？」她從電話那端問，「我哥是網路歌手，這件事情我不久前回國才知道的。當我發現時，還被他恐嚇著不准說出去呢！」雖說也只是淡掃她一眼……

結果還是說給她聽了，雖然以前就知道有這麼一回事，貝雅瑜默默的在心中想著。

孟惜晴聲音含笑著問：「既然我都冒著性命風險透露了這天大機密，那妳要不要告訴我，那天睡著以後，妳跟我哥發生什麼事了？」

貝雅瑜正在家裡準備晚餐，瓦斯爐上的火呈現青藍色，她聞言動作一頓。那麵條和鍋中沸騰的水交織在一起，不久冒出細小的泡泡，緩緩升起。

「沒什麼。」她淡淡的回答，伸手將火稍微調小，又持起筷子繼續攪動。

「怎麼可能沒什麼？我醒來時可是發現你們倆都不見蹤影了……」

「他只是送我回家。」

一句平常的話，孟惜晴聞言卻震驚到無法自已，一張唇張得大大的，差點沒從床上摔下來。

……他從來不喜歡女生上車啊。

孟惜晴忽然想起前一陣子有名女歌手故意裝醉，死纏爛打的要他送回家。當時的孟景涵臉色一沉，只丟下一句「不奉陪」，然後絕塵而去，那女人還在後面窮追不捨的。

然後她又想起，每次不得已要搭順風車的時候，他總是冷著臉命令她坐到後座去……她還曾懷疑自己是不是親妹妹。

孟惜晴瞇起了眼睛，覺得事情非同尋常。

許久沒聽到人說話，貝雅瑜問：「怎麼了？」

「沒事。」孟惜晴氣定神閒的睜眼說瞎話，只是那嘴角，已經不能克制的微微上翹著。呵呵，她心中的小惜情早就雙手叉腰，肆無忌憚的亂吼亂跑了！

她們又聊了幾句無關緊要的話題，之後便草草結束。貝雅瑜輕皺了下眉，總覺得孟惜晴心不在焉。

然而事實的確如此。

孟惜晴一掛完電話，就踏著歡快的腳步上了樓梯，敲了敲那緊閉的門，也不等裡面的人回答，直接打開了。

孟景涵聽到了細微的聲響，之後就看到孟惜晴衝了進來。他摘下一邊的耳機，修長的手指輕輕點了下桌沿，語氣溫涼中有些沉：「不是說別自己闖進來？」

孟惜晴腳步一頓，委委屈屈的「喔」了聲，兩手就垂在身前，手指搓了搓，一扭，繞來繞去的不知道在搞什麼名堂。

孟景涵頭疼的揉了揉太陽穴，問：「又闖什麼禍？」

孟惜晴故意支支吾吾的，好不容易才擠出一句話：「……我、我不小心向瑜瑜透露了你的網路身分……」其實她也只是想試探孟景涵會有什麼反應。暴怒？嗯，他這麼淡漠的一個人應該不會就這麼容易破功吧。

等了許久，久到了孟惜晴心跳都提到了嗓子眼。

認為他真的要生氣了，卻看見他……緩緩挑起眉，輕聲說：「沒關係。」她早知道了。

孟惜晴聞言站在原地，一陣風中凌亂，孟景涵的話在她聽來，就是：無妨，她是妳未來嫂子。

這真的不尋常！

#

隔天，貝雅瑜收到一個極詭異的通知——來自孟惜晴的簡訊。她說要約在一間附近的大樓前，之後便是一串陌生的住址。

再三確認是孟惜晴本人傳的簡訊後，貝雅瑜有些惴惴不安的前去赴約。

天色已經漸漸昏暗下來了，蔓延著一層灰色的煙霧。那棟大樓高到枕月衾雲，看起來分外輝煌。

門口站著孟惜晴，她一臉笑嘻嘻的不知道一個人在開心什麼，看見貝雅瑜就「欸」了聲：「等了妳好久，走吧走吧。」之後挽著她進門。

入口處的保安朝她們頷首，然後笑著說：「是孟小姐啊，今天帶朋友來？」

「是啊，她以後也會常來。」她皮笑肉不笑的用胳膊肘撞了下貝雅瑜，然後揮了揮手，「等會再讓你們認識，現在趕時間。」保安喔了聲。

她們進了電梯，門很快地就關了。貝雅瑜莫名其妙的看著那往上跳動的樓層，皺眉問：「妳要帶我去哪裡？」

孟惜晴說：「看我哥呀！」那雙眼睛笑成了彎月狀，偷偷瞄著貝雅瑜有沒有什麼異狀。

她不解地問：「看他做什麼？」

孟惜晴沒能看出什麼端倪，心中略有失望，正要開口回答，電梯門已經開了。

黃色的燈光一下子灑了進來，輝煌亮麗得有些刺目。入眼的是一道左右排滿房間的長廊，貝雅瑜被孟惜晴飛快的拉進其中一間。

一進去，便知道這裡是錄音室，有著長長的桌子，上頭擺滿了混音器、電腦、音響，許多她不知道做何用處的設備。

裡面有兩個人，正回頭看著她們，顯然因為兩人打斷了。

貝雅瑜思緒彷彿中斷了般，腦袋裡一片空白。她看見一名以為再也不會相見的人。

張曉曉。

她坐在不遠處的椅子上，一頭大捲長髮披散腰間，畫了煙熏妝，穿露臍裝與短褲，顯出了那引以為傲的小蠻腰和長腿。

張曉曉看見貝雅瑜，臉色沉下來，哼了一聲：「怎麼是妳？」

貝雅瑜很快的便回神過來，笑道：「妳能來，我就不能？」

「不知道裘冠博當初為什麼會喜歡妳這種腰沒腰、要胸沒胸的女人，一看就傷眼。」語畢，她伸出那纖纖玉手撥弄了下頭髮，別開目光。

孟惜晴雖然不知道誰是裘冠博，但還是一臉不可思議的看著貝雅瑜的標準身材……苗條啊！身為女人的她都想看了！

貝雅瑜不想和她爭。

張曉曉不動聲色的瞄了眼隔壁，只見孟景涵已經從旁邊隔著透明玻璃的隔音室走來。

他身姿筆直清瘦，穿著白色的襯衫，更顯臉龐白皙乾淨。他一雙眸子清澈卻銳利，眉似遠山，削薄輕抿的紅唇弧度有些冷峻。

孟惜晴渾身一顫，拉了拉貝雅瑜的衣角，低聲道：「完蛋了，我哥最討厭有人打擾他錄音。瑜瑜妳聽我說，等會兒他過來妳就先……」

話還沒說完，門已經開了。孟景涵掃視了周圍一圈，孟惜晴一下子沒了聲音。

張曉曉氣焰不見蹤影，走了過去，眸子含著無限委屈，一手挽起他，一手指著貝雅瑜說：「景涵，不是我故意吵你，都怪這女生突然闖進來！」

貝雅瑜微微一愣，卻看見張曉曉暗暗遞來了挑釁的目光。

孟景涵看著她挽著自己的手，眉心微微一皺：「鬆開。」

他剛才錄過歌，嗓音異常低沉沙啞，張曉曉不由得耳朵一麻，聲音更加嬌媚了：「景涵～要不要替你買瓶水，潤潤喉嚨……啊——」她被推了開來，連連退後了好幾步。

卻見孟景涵神色無異，輕拍了下剛才她挽的地方。

貝雅瑜其實完全在狀況外，無緣無故被孟惜晴拉過來湊熱鬧，然後碰上張曉曉。見到孟景涵，也只好硬著頭皮笑了笑，心中卻有些凌亂：剛才那毫不憐香惜玉的動作，跟他氣質不搭啊。

孟景涵輕輕頷首，移開目光，爾後便向那坐在椅子上的男同事說：「半個鐘頭後開始。」

之後便將外套輕拎起，邁開長腿，推開門口走了出去。

張曉曉揉了揉撞痛的胳膊，確定他走遠了，便狠瞪了眼貝雅瑜：「都是妳壞的事！」拿著包包也跟著走了。

過了一會兒，那高跟鞋清脆的聲響也逐漸離遠。

孟惜晴眼珠一轉，扯扯貝雅瑜的衣角，低聲問：「妳認識張曉曉啊？我一直認為她挺可怕的，所以不敢有什麼交集。」

貝雅瑜但笑不語。

孟惜晴卻滔滔不絕的說：「她最近不知道怎麼看上我哥的，整天都往這邊跑，來的比我還勤。前幾天張曉曉對我都還不理不睬的，倒是知道我是他的妹妹以後，就拉著我一直瘋狂的套近乎……」

剛才看見張曉曉面對孟景涵的模樣，不難想像她在追他，但貝雅瑜更加疑惑的是：袁冠博呢？瞞著他到處勾搭嗎？

「喂，我說。」那男同事忍不住出聲，「妳到底是誰？這裡不是隨便人能進來的，剛才妳就干擾到我們錄音了。」

貝雅瑜這才注意到他，雞窩似雜亂的頭，深深的黑眼圈，雙眼無神的盯著自己。

「封子奕！」孟惜晴扁了扁嘴，「她是我帶來的朋友啦，你要兇去兇那個來路不明的張曉曉！」

貝雅瑜輕拍她的肩示意她別在意：「抱歉，我們現在就離開。」

孟惜晴帶著她下樓，去了附近的麵攤吃晚餐，今天月色柔和汩汩流淌而下，照得天地間都籠罩著一層朦朧的光環。

「封子奕他對大家都這樣，妳別太放在心裡。」她一邊解釋，一邊朝老闆說，「兩碗餛飩麵就行。」

「好咧！」老闆笑著去忙活了。

「妳帶我過來就只為了看錄音？」貝雅瑜問。

「……是啊。」孟惜晴回答。

貝雅瑜嘆了口氣，怎會不知道她在想什麼？只裝作不曉得了。

麵攤對面就是一個頗大的公園，她們吃飽以後，就去那兒走走。

公園有個長長的步道，貝雅瑜沿著行走，一晃眼看見孟景涵的身影。

他坐在一旁的長椅上，背脊挺直，戴著耳機，雙眼闔著。那一瞬間，周身的面孔全都粗糙起來，唯有剩下他，高雅平和，透著沉默的內斂。

孟惜晴也看見他了，三步併作兩步的小跑過去，輕推了下他的肩：「哥。」

孟景涵睜開雙眼，摘下耳機：「做什麼？」

「沒什麼，吃太飽過來走走。」孟惜晴坐在他身邊，拍了拍旁邊空位要貝雅瑜一起過來。

過了好一會兒，孟惜晴說：「我去便利商店買飲料，你們要嗎？」

貝雅瑜一向都有攜帶水壺的習慣，所以並不渴，她搖了搖頭說：「謝謝，買妳要喝的就行了。」

孟景涵回：「我不需要。」

孟惜晴離開後，便只剩他們二人。天色似乎更加沉了，一時之間，誰也沒說話，只剩四周塵囂喧嘩。

第四章：柔情港灣

貝雅瑜看著平放在膝上的雙手，覺得氣氛悶，找話題說道，「今天打擾到你工作了。」

孟景涵側目看來，貝雅瑜髮下嘴角笑意淺淺，根本沒什麼認真悔改的樣子。他抬手捏了捏眉心，輕而緩的道：「是惜晴不懂事。」

被這麼一回答，貝雅瑜倒是有些不好意思了，坦承道：「你在學校唱歌，所以你的職業我也很早就知道了，也別怪惜晴和我說漏嘴。」

「這我知道。」他的嗓音似徐風輕輕拂過，溫良低沉。貝雅瑜心中驚訝，說不出話來。他看見她疑惑的目光，解釋：「經常看見妳坐在樓梯口。」

原來是聽他唱歌時，早就被發現了。貝雅瑜摸了摸鼻頭，裝作不經意的說：「這樣啊。」耳根卻有些紅了。

過了一會兒，孟惜晴回來了，她指揮：「走吧！該回去繼續錄音了！」貝雅瑜聞聲，已見孟景涵站起，身姿優雅清疏。

又回到了原本的錄音室，貝雅瑜便看見封子奕一手拿筷子吃著泡麵，另一手握著滑鼠打遊戲。

「別理他，他一直都這樣。」孟惜晴笑著說，顯然對於這種情景已經見怪不怪。

孟景涵徐徐走進隔壁，透過一層玻璃，能清楚的看見他佇立在麥克風前，身姿挺拔安靜，眼睛輕闔，和在公園的模樣如出一轍。

封子奕依依不捨的把遊戲關起來了，確定設備都已經打開，才一臉正色的坐回原位。此時貝雅瑜看見那掛在牆上的監聽喇叭，有個小小的紅光亮起。

那頭的孟景涵朝封子奕頷首。

琴聲陡然響起。

還沒令人回神，一道低沉醇厚的嗓音切入，似潺潺流水，在旋律中輕輕淌過。

貝雅瑜猛地抬眼，只見孟景涵隔著玻璃，薄唇輕啟，喉結輕微滾動。

是他在唱。

悠長深遠富有意蘊，低音鼓傳出，敲擊出所有的言語，和他細膩明靜的聲線綻放，帶著一股和諧的懾人心魂。

那一瞬間，美得令人屏息。

她聽過好幾次孟景涵的曲目，但如今親眼看他就在不遠處，才恍然發覺自己其實從未真正的細細欣賞過他的嗓音。他的聲音和他的人，是渾然一體的，隨著高潮起伏，在眼前展現不一樣的色彩，溶進心靈，牽著思緒，泛出一圈圈的漣漪。

此時，卻見孟景涵一雙深邃的眸子看了過來，瀲灩波光，清晰又溫潤。整個人像一幅著墨不多的素描，雖不華麗，可盡顯雅緻。

她想起一段詩，嘴角不禁彎起。

——淑人君子，懷允不忘。

他是如此出色，在我與他對視的那刻，年華彷彿也將停滯。

#

那次的機緣真的相當奇妙。貝雅瑜欣賞起了他的聲音，總覺得只要聽著，那日的情景便能歷歷在目，感受那溫涼而平靜，他與生俱來的氣質。

天空有些暗沉，她收拾著桌上散布的紙張，一旁的手機卻忽然響了起來。螢幕顯示出是不明來電。

貝雅瑜眉心一皺，接起。

「您好，這裡是中央警察局。」傳來的是道中年男音，「請問是貝雅瑜小姐嗎？」

她回答：「是。」心情卻不禁凝重。

事情是這樣的，之前辦公室搶劫，他們已經斷定犯人是受人指使，所以想請她過去一趟，確認她有沒有得罪到任何嫌疑人，導致那日犯人故意裝作搶劫來對她下手。

貝雅瑜覺得不太對勁，理應是沒得罪到任何人的，就算是有，也不致於用這種方式來打壓她。

來到警局時，已經有幾名警員守在門口等待了。

走進警局裡，剛硬平滑的地板上只響著他們的腳步聲。一路上她被問了幾個問題，警察們聽著她的回答，眉頭都一直是皺著的。

一名警員走了過來，附耳向坐在她對頭的中年男子傳話。

男子面色凝重的點了點頭，抬眼問：「貝小姐，您願意和犯人談一會嗎？並非義務，但我們保證會讓您毫無損傷的出來。」

貝雅瑜躑躅片刻，還是答應下來了。

之後，她被領到了審訊室。

男警員打開了那潔白的門，陪著她進去，一面說：「犯人剛從拘留所遷移過來，裡面有隔著玻璃可以說話。請貝小姐不要緊張。」

貝雅瑜步入了室內，便看見警員所說的玻璃對頭，有名男子正笑吟吟的看著自己。他長得並不起眼，在這裡扣押，多日沒有打理，鬍渣已經長滿了下巴。

雖然以前犯人戴著面具，看不清楚長相，但那股混濁的氣息，他無疑就是當日拿著一把槍抵著她的人。

貝雅瑜臉色一下子冷了下來，迫使自己冷靜，落坐在他對面。

他看見她異常淡定的模樣，笑意更深，手伸到唇邊吹了個響亮的口哨，語氣輕快的打招呼：「美麗的小姐，好久不見啊！」

聽著他的話，她只覺得渾身的雞皮疙瘩都起來了。

貝雅瑜壓下那股噁心感，不甘示弱的冷笑：「我早就覺得奇怪，你那天特地過來搶劫，應該也是到有錢的地方去，怎會去辦公室？」

「噢，我美麗的小姐。」他眯起眼睛，指了指她身旁的幾個警員，「這幾天這類問題他們都問過我好幾遍，真是無聊死了。今天能遇見妳我可是滿懷期待，沒想到妳也是這樣無趣的人啊。」

男警察們相互對視一眼，目光都有些無奈。看來犯人一直都很難套話，才非得要她親自過來一趟。

此時，偵訊室的門被推了開來。只見孟景涵從那處走來，正微微低首跟警員談話，原來他也被請來了。

當事人，就這麼到齊了。

♯

不出大家所料，今天沒有問出任何蛛絲馬跡，犯人態度戲謔，封口如瓶，每當問到當時的事情，他便會繞回無關緊要的話題。孟景涵從頭至尾都坐在一旁，沒有多作表示。貝雅瑜想當時他不過是仗義相救，對她並沒有深入了解，現在自然是沒有任何頭緒。

他們一同從警察局出來，天色已經漸漸轉黑，沉沉的瀰漫著些許泥土濕潤味兒。快下雨了。

貝雅瑜長吁了口氣，看著他清俊的側臉，忽然覺得有些愧意，自己給他添了不少麻煩。

凹凸不平的路面走起來有些吃力，他們並肩走著，貝雅瑜忽然聽見他的嗓音傳來。

「不記得有得罪誰？」他看著前方，語氣淡淡的，「如果想不起來，妳會一直處於危險中。」

貝雅瑜聽他這麼一說，只覺得一股寒意從背脊爬升。她僵硬的抿了抿唇：「我只想到關於我學生的事，但那是搶劫案之後發生的，所以不可能。」她提及陳弘睿的事情，想到那悄悄引導他進入毒品世界的男子，不禁也有些毛骨悚然。

貝雅瑜請孟景涵坐在警局外的長椅上，然後緩緩解釋事情原委。他聽的專注，夜空上皎潔的上弦月，襯得側臉輪廓愈發朦朧乾淨。

說到底，對她仇視的人也只有裘冠博了，但這有必要讓他大動干戈，去找殺手來嗎？答案顯然是不的。

「昨天遇見張曉曉就起爭執，也是因為……」說到一半，她不禁搖頭失笑。自己明明說好不提以前的事。

他低低應了聲「沒關係」，嗓音溫涼平靜。

天空忽然落下了細小的水滴，紛紛揚揚的纏綿不斷，細緻得像縹緲的白紗。貝雅瑜伸手輕沾，額頭上已經被雨水淋濕了，便站起身：「下雨了，孟先生趕快回去吧。」

孟景涵也站起，眉目清冷，高挺的身姿不由得給了人一股壓迫感。他說：「我送妳。」

「不用。」貝雅瑜朝他溫和的一笑，「今天我開車來，就不麻煩你了。」

他沒有再追問，只略微頷首，邁進了雨簾中，背影被路燈照亮，有些柔和與朦朧，伴隨著清脆的落雨聲，他的腳步輕得幾乎聽不見聲響。

貝雅瑜走在他的身後，心中由然而生出了一股迷離的悵然。他消瘦筆直的身姿卓越，俐落的蒙在灑落的花雨中。

下得愈發大了，稠密的雨柱順風而颳。絲涼涼的寒意透了過來，地版濕得一蹋糊塗，貝雅瑜皺了皺眉，腳步有些落後。

孟景涵長腿跨過了水窪，貝雅瑜在後面，看著不遠處停放的車子，卻有些苦不堪言。他知道她沒有跟上，便停下了腳步回頭看她。

然後緩緩的，在她面前伸出那修長的手。

貝雅瑜笑了，毫不猶豫的握了上去，只覺得他手指一收，那股強勁的力道將她向前拉。她「欸」了聲，眼看就要踩進水裡，腰間猛然一緊，他便將她輕輕的帶過去。

四周卻彷彿靜了下來，轉瞬回神，雨聲仍在刷刷地響著。

他輕輕的鬆開手，退開了距離。

貝雅瑜有些木訥的說：「再見。」

孟景涵「嗯」了聲，嘴角抿著一如既往的弧度。

貝雅瑜進了車內後，開啟上方的內燈，拿著衛生紙來擦拭臉上濕漉漉的水珠。

只見窗外那晶瑩的雨簾下，他的身影模糊迷離，素雅絕世。

頓時覺得手心，他的餘溫未散。貝雅瑜用手背摸了摸臉頰，似乎有些燒。

♯

自從這次分別，貝雅瑜便有一段日子沒再遇見孟景涵了。學校的明德樓上，原本偶爾出現的清瘦身影，已將近一個月沒有見到。

貝雅瑜坐在講台上低首，看著聯絡簿，一支紅筆就這麼握在手中，卻遲遲沒有落筆。她壓了壓眉心，才緩緩抒展了思緒。

學生們正在考試，外面的斜陽照了進來，透過窗戶灑了一地明晃晃。

下課的時候，她到了辦公室，卻看見孟惜晴的身影。她站在夏司宇辦公桌前，手撐著桌面和他交談著，一雙清秀的眉高高揚起，雙頰有著兩顆可愛的小酒窩，看起來很開心。

貝雅瑜走過去拍了拍她的肩膀，孟惜晴這才看見，緊緊的抱了她一下：「想死妳了。」

「聊什麼呢，這麼開心？」貝雅瑜笑了。

夏司宇也笑了，回答道：「答應陪她去玩，就開心了。」

「好命。」貝雅瑜屈指彈了下她光潔的額頭，引得她蹙起眉，嘟囔：「都要被妳彈笨了。」語氣卻是帶笑著。

隨後，她便拉著貝雅瑜去附近的蛋糕店坐坐。夏司宇還有校務要忙，便沒有陪著。

孟惜晴叫了個草莓蛋糕，眯著眼問：「知道為什麼要妳陪我過來這兒嗎？」

貝雅瑜搖了搖頭。

孟惜晴「哎」了聲，說：「是我生日快到了啦。」看見她詫異的模樣，又續道，「因為當天是我生日，司宇才答應我一起去玩的，所以那天妳不能和我一起度過，今天的蛋糕嘛，就算妳的提前祝福了。」

貝雅瑜想了想，問：「是哪時候？」

「七月四日。」她落寞的聳下了頭，「我問過司宇了，他說那天妳有課。」

之後，貝雅瑜陪著她逛街，逛到了太陽已經漸漸下山。

離別的時候，孟惜晴非常高興的又抱她一下，說：「那就改天見啦。」

貝雅瑜走在路上，昏暗的路燈籠罩著柏油路面，在地上映上她長長的影子。

訊息聲忽然響起，她頓了頓腳步，拿出手機來瞥一眼。

僅僅只是一眼，那剎那，她只覺得渾身都是寒意在爬升。

「來自裘冠博的訊息：『嗨，美麗的小姐。最近過得如何？』」

——這語氣，和那犯人如出一轍。

♯

貝雅瑜的腳步不斷的加快，速度急促得有些慌亂。

更快、更快，遠遠還不夠。

回到家中，她很快的把電燈全都打開，看著自己的房間，濤湧的思緒不斷的在腦海中盤旋著。

第一時間，她馬上把那封簡訊截了圖。

眼前，忽然浮現出孟景涵的身影，知道這件事的人也只有他了。貝雅瑜眉心一皺，煩躁的翻過聯絡資訊，才恍然想起自己並沒有他的電話號碼。

她只好凝視著手機螢幕，翻回了他的簡訊，緩緩的打上：「你想要什麼？」

過了一會兒，裘冠博沒有回答。

貝雅瑜手指停留在播放鍵上，看著那「１１０」三個數字，過了良久，仍是沒有按下。

這點線索是有什麼用呢。

#

隔天一早，貝雅瑜便澈底冷靜下來了。她打給孟惜晴，問了孟景涵的電話號碼。

孟惜晴「咦」了聲，嘀咕：「我還以為妳已經知道了呢……」

貝雅瑜隨手揀了張紙過來抄。孟惜晴又說：「手機號碼是可以傳給妳啦，不過我哥他因為工作去了趟高雄，手機常常關機喔。」

貝雅瑜微微一愣，原來他是出遠門了，難怪都沒看見去學校。她偏頭將電話夾住，右手持筆：「知道了，我和他聯繫看看。」

問到號碼後，她很快的把事情原委打上，然後用簡訊方式寄了過去。

時間已經不早，她打理好自己便出門了。

一到學校，迎面便看見從校門口走出來的夏司宇。他驚訝的皺眉：「怎麼了？」

貝雅瑜有些麻木的伸手摸了摸臉頰，才恍然想起自己整晚都沒睡安穩。

#

孟景涵到了傍晚還是沒有回覆。

貝雅瑜把手機丟回包包裡，不敢太晚回家，趁著現在天色還沒完全暗下離開。此時，卻見到一抹身影走了過來，是個學校的年輕男老師，一旁的張曉曉挽著他笑語嫣然。

貝雅瑜低頭假裝沒瞧見，和他們擦肩而過，偏偏卻有人不合她的意，她清楚的聽見身後的張曉曉「咦」了聲，脫口而出：「貝雅瑜？」

她冷冷一笑，沒說話。

張曉曉鬆開了男人的手，盯著她的雙眸，一字一句咬牙切齒的說：「妳真是陰魂不散！」

男老師鮮少看她這個模樣，奇怪的睨了兩人一眼，問：「妳們認識？」

張曉曉怒道：「誰要跟她認……」

「認識。」貝雅瑜打斷她的話，語氣涼涼的，「經常看到在倒追男人。」

「那又怎樣？最後他們還不是接受我？」張曉曉一臉不屑，環起手又問，「妳不找裘冠博嗎？他現在可是被我拋棄了，妳可以回去找他呀！」

「別把我想的和妳一樣廉價。」貝雅瑜眉目清冷，心中卻五味雜陳。

裘冠博該報復的對象，應該是張曉曉才對，明明她才是欺騙他的那方。

到底為什麼現在憔悴的人是自己，而張曉曉還能揚眉吐氣的？貝雅瑜忽然開始覺得難受起來。

#

日子過得很快，轉眼就是孟惜晴的生日了。剛才她打了電話過來，興致盎然的報告說要出發，之後便匆匆的離開了。

貝雅瑜坐在椅子上吃蘋果，有一口沒一口的，昏昏欲睡。前面電視閃動的畫面不斷在她白皙的臉頰打上亮光，她慵懶的眯了瞇眼，把蘋果核扔進垃圾桶，便把電視關起來，起身要去洗把臉。

等了好幾天，孟景涵終於回覆了。沒有正面的回應，只是說會過來找她商量。

貝雅瑜掬了把水到臉上，沁涼的溫度讓她清醒了幾分。她才剛擦乾了臉，就聽見「叮咚」的門鈴聲響徹了房屋。

她走過去，就著貓眼看出去，看見外面的男子，心中一股反感猛然竄上。

早就知道會有這麼一天了，倒沒有令人太措手不及，但她還是不樂見裘冠博。

他正笑意吟吟的負手站在外面，穿著一件薄薄的背心毛衣，顯得儀表堂堂的。

貝雅瑜去臥室裡的包包裡拿出了防身的噴霧，又覺得不夠，給孟景涵捎了封簡訊。門鈴響得愈發急促，門外人發覺沒人理會後，一陣敲門聲又傳來。

孟景涵很快的回覆，捎回的只有幾個字：「待著別動，別開門，也不要正面衝突。」

叫不叫警察？貝雅瑜皺起眉頭，卻聽到門外裘冠博朗著聲喊：「小瑜，我知道妳就在裡面！拜託妳開個門吧，我發誓我不會傷害妳的！」

那敲門聲不斷傳來，然後就聽到裘冠博壓低罵「靠」了聲，然後又道：「妳不開門我就要用鑰匙自己開了，別怪我！」

鑰匙？她嘴唇一抿，在心底咒罵了聲。

忽然已經傳來了清脆的聲音，門口一下子被打開了，外面陽光照了進來，灑的滿地明亮。

裘冠博看見她，臭著的臉總算緩和了些許，語氣無奈：「小瑜，妳沒必要這麼排斥我吧？」之後隨手將身後的門關起。貝雅瑜見狀卻是笑了：「我有說你可以自己進來嗎？」

裘冠博倒是一如當初交往時的模樣，態度隨意，清俊中帶著一點苦惱的臉倒是像她在欺負他：「沒辦法，我有重要的事情必需要告訴妳。」

貝雅瑜沒有因為這樣而鬆懈，手裝作不經意的插在口袋裡，裡面緊握著那防身噴霧。他長吁了口氣，逕自邁進廚房給自己倒杯水，說：「我本來想簡訊告訴妳的，但想一想又覺得沒誠意……」

聽到了簡訊二字，貝雅瑜想起那晚收到的，心中不由得有些忌憚。裘冠博昂著頸喝完了白開水，已經走了過來，那腳步聲是那麼的沉，無限的拉著漫長的時間，引人窒息。

他的手忽然壓在她身後的牆上，另一手則撫上她的腰側，語氣忽然下降：「妳別亂動心思，口袋裡的東西還是放下吧，別讓我生氣。」

她依言，輕輕的伸出在口袋中的手。裘冠博滿意的眉目舒展，手忽然滑下到她的臀部，臉也隨之湊近了幾分：「妳以前從未這麼安分過。想不想要做？」

貝雅瑜冷笑：「少做白日夢——」話還沒說完，她膝蓋向上撞向他的胯下。

同時門口驟然被用力打開，發出一聲巨響。

幾個男人一下子衝了進來，面孔輪廓都有些模糊。她卻清楚的看見，孟景涵臉部表情極冷，扯起裘冠博的後領往地上甩去。

四、五個男人就這麼圍上來毆打地上的裘冠博，他們也不知道是從哪兒找來的幫手。裘冠博不甘示弱的怒吼了聲，朝著正前方的孟景涵撲了上來扭打。

孟景涵躲過了他的拳頭，一使腕力，將他兩手扣在身後，爾後結實的給他回揍了一拳，動作流暢如行雲流水，裘冠博後退了幾步，抱著肚子彎腰哀嚎了起來。

貝雅瑜只覺得四身的氣息都在凝固。

尚未回神，她猛然被孟景涵拉過去護在身後。隱約聽得見警車的警鈴大作，自遠而近的傳來。

貝雅瑜看著他筆挺的背脊，眼眶不由得有些紅了。

裘冠博已經被架住，一張臉猙獰又狼狽，但已經放棄掙扎。

孟景涵轉身輕皺眉，微微俯下身，沉聲問：「有沒有受傷？」

貝雅瑜搖了搖頭，卻沿著他的身軀，看見那修長的手流著血，驚呼：「你受傷了！」

原本現在應該陪著孟惜晴的夏司宇也在現場。他聽見貝雅瑜的話，笑著說：「那不是他的血。」

孟景涵淡淡的瞥他一眼，低頭慢條斯理的從懷中拿出手帕，仔細的擦過那染紅的手指。

#

孟惜晴看起來有些憔悴。貝雅瑜想起今天是她的生日，夏司宇卻被孟景涵喚過來幫忙，路上中途截返回來，心中有些歉疚。

孟惜晴雖然失望，但是也不是無理取鬧的人，只搖了搖頭，說：「誰也不能預料到會發生這種事，妳沒事就好。」

警察搜過裘冠博全身，沒查出有任何武器。裘冠博解釋說貝雅瑜是前女友，剛才只是復合心切，激動之下才把她壓在牆角。

警察一聽只是和前女友的糾紛，都曖昧的笑了笑，不以為然的把他帶去警局。

貝雅瑜和那些幫忙的男人們道謝。他們都很豪爽，絲毫沒有要求回報，只說陪他們吃個晚餐就行。

貝雅瑜目光不由得投向孟景涵，他靜靜走在她身側，她輕輕的說：「你的朋友人都很好。」

孟景涵聞言，五官這才緩和下來，聲音低沉醇厚：「當然。」他的人，自然都是最好的。

攤子已經到了。

孟景涵和其他人不一樣，消瘦的身影隱在黑暗中，輪廓模糊不清，貝雅瑜只看見桌上空玻璃酒瓶愈來愈多，猜測著他心情相當沉重。

她挨了過去，坐在他身旁，問：「心情不好？」孟景涵只抬眸看她，沒有作答。

貝雅瑜本來感覺就很悶，索性給自己倒了杯，便就著杯沿一飲而盡。那刺鼻的酒順著喉嚨下去，燙得彷彿要燃燒起來。

她酒量本就不太好，一杯下去就開始頭昏起來。貝雅瑜又伸手去拿酒瓶，忽然被那修長的手給攔住，耳邊傳來他淡淡的嗓音：「別喝了。」

不容拒絕，是命令。

「你能喝，我就不行麼？」貝雅瑜抬眼，發現他靠得很近，這個動作讓她的鼻尖不經意蹭過他的下巴。

孟景涵低頭看她，貝雅瑜「唔」了下，趴在桌上扭頭，留給他一個後腦勺。

#

晚上回家以後，神智倒是清醒了許多。她躺在柔軟的床鋪上，回想起今天發生的事情。

如果孟景涵沒有來，那麼裘冠博會繼續……貝雅瑜長吁了口氣，事情發生之後，這才發現自己是害怕的。

不知道是不是錯覺，在當時，她總覺得有股死亡的氣息在蔓延，裘冠博眸子裡充滿了仇恨。貝雅瑜望著黑漆漆的天花板，沉默半刻，伸手將床頭燈打開。

徹夜未眠。

隔日一切又重新回歸正常，好像事情從未發生過。

貝雅瑜到了學校，窗外的景色壯麗，稀疏的雲朵間滲透出薄弱的陽光，拉著細長的線條，綿延不絕如縷。她手中拿著手機，順著向四周的環境錄影。

此時螢幕上的明德樓上方，一抹頎長的身影佇立在欄杆邊，五官因為距離而變得模糊不清。貝雅瑜知道他是孟景涵，而那段他遠在高雄的日子已經過去了。

她將手機收回包裡，撐著下巴看前方。夏司宇從後面走來，問：「今天比較早？」這句話很快的被清風席捲而去，像誰的呢喃細語。

貝雅瑜瞇了瞇眼，輕「嗯」了聲回答：「睡不著。」

夏司宇沒再說話，空間徹底安靜下來，只剩早晨鳥兒自遠方而來的高歌。

「昨天謝謝你了。」她忽然道。

夏司宇沈默片刻，隨後輕笑了下：「我也要謝謝妳，」在她疑惑的目光下，他又開口：「我跟孟景涵是在跆拳道館認識的，那時候常一起較勁，久而久之就變朋友，但他當時突然腳踝受了傷，放棄當職業國手，著手音樂的道路。昨天他請來的那些朋友，其實也都是那時候認識的，已經好久沒見面，更不敢肖想能一起打架。」話落，他似乎扯了下唇。

此時，一道腳步聲從樓梯口傳來。貝雅瑜看到來人頓時身體一僵。

又是裘冠博。

他也看見她了，那完好如初的慵懶表情，顯然警察毫無為難的將他給釋放出來了。裘冠博挑眉：「怎麼，見到我很訝異？」貝雅瑜皺眉，他見狀笑著解釋，「警察其實都是屁用，塞個錢就沒什麼主見了。」

他又向前逼近了幾步，想將貝雅瑜逼至牆角。夏司宇在一旁卻靜靜的說：「裘先生，您還是克制些吧。」

裘冠博側目而視，夏司宇仍是笑著。

裘冠博煩躁的從懷中掏出煙盒來，抽出一根點燃，問：「幹什麼保護她？」夏司宇答，「不關你的事。」

裘冠博視線穿過貝雅瑜，看向後面明德樓上的身影，不爽的「嘖」了一聲，邁開腿離開，口中說：「妳自己好自為之。」

最後一句話無疑是說給貝雅瑜聽的。她轉頭和夏司宇對視一眼，他眉目俊朗如初，沒有異樣。

但好像是第一次看見他這麼嚴肅的模樣，明明他一直都是溫潤親和的。

♯

幸好事情沒有想像中這麼複雜。裘冠博被張曉曉給甩了後才知道貝雅瑜的好，於是乎便回來要求復合。僅僅是復合罷了，和那名犯人並沒有任何關係與糾葛。

今天裘冠博這麼輕易的放過她，雖然奇怪，但總覺得令人心中格外安定。

貝雅瑜邁出了校門口，卻看見孟惜晴在大榕樹下，坐在椅上垂著頭，一張小臉上已經布滿了淚痕，不知道怎麼了。

貝雅瑜擔憂的走了過去，輕拍她的肩膀，引得孟惜晴肩膀一顫，抬起頭來，看清來人以後，眼淚掉得更兇了，哽咽道：「……瑜瑜。」

「怎麼了？」貝雅瑜皺眉，坐在她身邊。

孟惜晴擦乾了眼淚，雙拳握在膝蓋上，眼簾低垂，搖了搖頭，又張了張唇，就是說不出話來。貝雅瑜也不勉強她，就在一旁靜靜的等著。

「我晚點再告訴妳。」孟惜晴說。

晚上回到家以後，貝雅瑜等著她的來電，卻直到了夜半十二點，即將睡下的時候她才打來。此時孟惜晴的語氣帶著濃濃的鼻音：「我被拒絕了。」頓了下，她又說，「……我已經喜歡他二十年了。」

「是誰？」她問。

「……夏司宇。」

孟惜晴被夏司宇拒絕了。

他們從小就是青梅竹馬，她一直以來都喜歡著他，但是僅僅是一種青澀的憧憬，原本沒有特別放在心上。之後因出國留學而分開多年，這份情感卻絲毫沒有消失的意思，她這才知道自己陷得深了。

她是真的很喜歡他，絕對不會錯。喜歡他的溫柔、他的善良、他的所有一切。

貝雅瑜回想著他們倆互動的模樣，自然而不帶有一絲彆扭，她壓根兒沒想過孟惜晴對他懷抱著其他的心思。

「那妳現在怎麼打算？」貝雅瑜問，伸手將窗簾拉好，發出「刷」的一聲。

電話那頭傳來她擤鼻涕的聲響，孟惜晴清了清喉，說：「我要追他。」

「什麼？」貝雅瑜重問了一次。

孟惜晴這次的語氣篤定了些許：「這輩子我一定要學會放手一搏，追到他喜歡上我。」

帶著幾分俐落與豪爽，沒有猶豫。

貝雅瑜眼前不禁浮現出孟景涵的清雋的身影，這對兄妹在某一方面上，其實真的有些相似之處。自己好像就是少了這份直爽。

#

這次以後，孟惜晴幾乎每天早上都會去學校，讓貝雅瑜澈底明白了她的決心。

貝雅瑜剛和夏司宇談完學校的要事，孟惜晴便從後方走來，將一盒便當放在夏司宇桌上。

他無奈的皺起眉心，說：「妳沒必要做這種事情。」

孟惜晴早就知道他會這麼說，反而笑眯眯的道：「既然都這樣了，這便當不吃白不吃，丟掉不是更可惜了嗎？」說完，她沒有給他任何回絕的機會，一溜煙的就跑了。

夏司宇臉色有些沉，唇邊的笑意也消失了。

貝雅瑜忍不住說：「她這麼有心意，你就吃掉吧。」

夏司宇抬手揉了揉眉心，並沒有說話。一旁的同事已經憋著很久了，看貝雅瑜起了頭，也插嘴說：「那女孩子整天都往這邊給你送親自下手做的東西，你不給個交代也未免太……」

話還沒說完，夏司宇一個起身，「哐」的聲響，將便當扔進垃圾桶。

♯

貝雅瑜剛上完上午的課，便看見了孟景涵，他負手站在涼亭內，背影消瘦挺直。

她站在他身後，手機忽然響了。

孟景涵回頭，便看見貝雅瑜拿著手機走到走廊一側說話。隱約間，仍然聽得見她溫和禮貌的語調。

「爸爸昨天出院了，今天晚上妳來看看他。」貝媽媽說著，又附上一串酒店的住址。

這個消息沒讓她開心，反而覺得奇怪。貝爸爸長年以來身體都不太好，怎麼突然就能出院了呢？

「妳都不知道騰出時間去關心他的狀況，自然什麼都不知道。」貝媽媽嘲諷道。

住院費都是貝雅瑜在支付，而醫院離的很遠，因為工作根本沒有時間過去，但貝媽媽顯然覺得她付出的不夠。

貝雅瑜抿了抿唇，說：「今天我下班就過去。」才剛語畢，貝媽媽冷哼一聲，便搶先掛斷了電話。

上課鐘響了起來，她轉身離去。孟景涵看著她的背影，從懷中掏出手機撥電話。

接通以後，他問，「貝雅瑜和她的家人相處得怎麼樣？」

孟惜晴情緒還有些低落，聽見他這麼問，興致缺缺的「哦」了一聲，回答：「她跟貝爸爸還好，但和貝媽媽的關係不是一般的差。之前她還逼瑜瑜結婚，不知道還會做出什麼過分的事情來。」

#

下班的時候貝雅瑜馬上趕到了酒店。她的手握著方向盤，蹙眉往後照鏡一瞥。後面有台黑色的車子，一路保持著不遠不近的距離尾隨著。

到了老家以後，貝雅瑜凝神一看，頓時覺得不對勁。黑色的轎車，那分明是孟景涵的。

貝雅瑜還沒回神，站在門口的貝媽媽已經看見了她，眉梢嘴角登時都染上一抹凌厲，指揮道：「還杵在那裡幹什麼？進來！」

廂房的桌上擺放著豐盛的佳餚，主位上坐著貝爸爸。他瘦了很多，雙頰有點下陷，黑髮中比起以往還夾雜了許多白髮，雖說有些蒼老，臉上卻仍然擺著和藹的笑容。

貝雅瑜不禁眼眶泛紅，趕緊過去抱了抱他。

和他談話的期間，貝媽媽靜靜的坐在一旁，想著畢竟父女之間許久沒有見面了，倒是忍著一段時間沒有插話。

之後，她請服務生開了一瓶酒，自己一個人喝著喝著，忽然開口：「爸爸不能喝酒，妳替他多喝些。」然後把酒瓶推過去。

貝爸爸聞言臉色紅潤開心，貝雅瑜不以為然的笑了一笑，給自己倒了酒喝下。

然而喝酒的後果就是……神智不清。

很快的，貝雅瑜眼前暈乎乎一片，四周的景物都顛倒翻轉著，非常難受。幸好他們提早訂好了房間，便請女服務生把她攙過去房內。

女服務生攙著半睡半醒的貝雅瑜上樓，地板鋪著有質感的紅色隔音毯，高跟鞋踩上去沒有發出任何聲響。

靜謐的環境中，女服務生猛然停步，一雙眼睛瞪得超大。

……今天是什麼好日子，竟然碰上男神攔路？

孟景涵佇立在一步之遠處，橘黃色的燈光下，他身姿高挑，臉龐輪廓分明，紅唇削薄輕抿著，臉色卻有些沉。只聽他壓低嗓音說：「我來接她走。」

女服務生拉回飄忽的神智，警惕幾分：「您是？」

孟景涵有片刻沒說話，一雙漆黑的眸子盯著她，一會兒才道：「……我是她丈夫。」

女服務生呆呆的「喔」了一聲，忽然肩上的重量一輕，他打橫抱起貝雅瑜，朝服務生禮貌的頷首才離去。

站在原地的女服務生拍了拍泛紅的臉頰……公主抱啊！

貝媽媽約她過來，一方面是為了讓貝爸爸開心，另一方面卻是故意要灌醉她。這意圖呼之欲出。

她請服務生把她帶去一間錯誤的房間，裡面有個男人等著她。想到這裡，她勾起唇笑了，這樣一來不信她不嫁。

然而她往往沒有想過，這樣的計畫已經被完全看穿。

#

孟景涵的手搭在方向盤上，他側眸看了眼副駕座，貝雅瑜在那兒睡得正香，像朵細心雕琢的芙蓉出水，眉眼安穩恬靜，頭微微側著，一縷黑色髮絲落在白皙的臉頰上。

他伸出手，捏起她的髮……輕輕的、緩緩的勾到她耳後。

第五章：有幸遇你

貝雅瑜隔天醒來，四周的環境陌生，房間隔局簡單，打理得一塵不染，身旁孟景涵坐在椅子上，手上捧著一本書，察覺到動靜便抬眼看了過來。

她握緊床下柔軟的被單，思索了一會兒，頓時想通了一切，心中有股憤怒正不斷的濤湧著。貝媽媽竟然趁她鬆懈時這麼算計她。

最毒是婦人心，這句話果然沒有錯。

不過倒是她自己不小心了。貝雅瑜想起之前有看見孟景涵跟來，不免微微一笑：「我就知道你會幫我。」

孟景涵放下了書，淡淡的說：「不要拿這種事情開玩笑。」

「沒有開玩笑，我是現在才想明白的。」貝雅瑜下床，問，「你聽見了我和她講電話吧？你怎麼猜出她的意圖？」

孟景涵站起拎起外套，朝著門口走去，並沒有回答，背影看起來仍是疏離。

貝雅瑜心中還懷著疑竇，哪裡肯罷休？追到他身前，口中說道：「我請你吃飯，一起出去談談。」

他身形頓了頓，緩緩轉過身。貝雅瑜看著他染著冷意的清俊面孔，心中咯噔了下，不由得向後退。他一步步穩穩走來，將她壓靠在牆壁，俯身輕捏起她白皙的下巴，低頭狠狠吻下。

貝雅瑜腦裡轟的一聲，耳邊嗡嗡作響著，思緒一下子全都停止，只清楚的感覺到孟景涵修長的手指捏著下顎，帶著薄涼的唇覆著她的，帶著侵略的味道。

這是怎麼回事？

此時房間的門被很粗魯的「碰」聲打開。

孟惜晴站在外面，手上捧著一碗醒酒湯，看見兩人，臉一下子全紅了起來，支支吾吾的說：「我、我……我、我打擾了——」之後慌亂的奔出去，連門都忘了關上。

一室寂靜。

♯

貝雅瑜真的不知道該對此做何感想。

一回到家裡就接到孟惜晴的電話，八卦的追問著是怎麼回事。聽著她的傻笑聲，貝雅瑜有些無奈，說：「我問妳幾個問題。」

「好啊。」孟惜晴語氣帶笑。貝雅瑜問：「妳哥哥他有沒有女朋友？」孟惜晴：「沒有。」貝雅瑜又問：「多久了？」

孟惜晴理直氣壯的說：「我活了二十二年，從來沒看過我哥有交過女朋友。之前媽媽還以為他有特殊癖好呢哈哈。」斷袖啥的。

貝雅瑜一下子豁然開朗，想通了。

孟景涵雖然看起來清心寡慾，但畢竟是個二十幾歲的男人，帶著些許少年的血氣方剛。男女共處一室難免容易產生衝動，所以他只是一時興起……

純屬意外！

然而隔天早上剛到學校，好巧不巧的就遇見了孟景涵，氣氛頓時有些凝滯。

他白色襯衫袖口捲到手彎處，眸色清澈卻銳利，紅色的薄唇勾著輕淺的弧度，整個人看起來清華無雙。

貝雅瑜為了化解尷尬，首先唇邊扯開了一抹十足溫和的笑容：「孟先生早。」

「早。」他低頭看她，嗓音帶著早晨的輕微沙啞。

她意有所指的說：「請孟先生別在意，都是意外而已。」語畢，她又補了一句：「我得去班上了。」

四周溫度瞬間降了下來，貝雅瑜不禁搓了搓身上的疙瘩

♯

接二連三的被拒絕以後，孟惜晴今天帶了手搖店買來的飲料，總共三杯冰綠茶，一杯給自己，其他兩杯分別給夏司宇和貝雅瑜。

她咬著吸管，呆看著遠方若有所思。這次夏司宇並沒有拒絕她的飲料，大概是因為看見貝雅瑜也有，姑且當作是單純的分享。

貝雅瑜吸了口，淡淡的茶香從舌間彌散開來，泛著一點點苦味。

孟惜晴問：「瑜瑜，妳跟我哥進行到哪裡了？」貝雅瑜很沒好氣的翻了個白眼給她。孟惜晴驚訝得手中差點握不住杯子：「該不會直奔本壘了！」

她這樣口無遮攔，貝雅瑜想起夏司宇還在不遠處，重重的捏了下她的大腿。她頓時痛得哎哎叫：「我不說了、不說了！我給你們保密！」

貝雅瑜回到了教室，風紀股長看見她，便將粉筆放下，安靜的下台了。

她將書本擱在桌上，朗聲說：「翻到第二單元。」學生們聞言乖順的一起翻開課本。

正值盛夏光年，出外蟬聲大噪，太陽高掛在天際，照得天氣愈發炎熱。

下一堂體育課她被臨時安排代課，體育股長今天請假，她想了想，還是自己去借器材了。路上陳弘睿跟了過來，說：「老師，我幫妳搬東西。」

體育器材室空無一人，她登記以後，便和陳弘睿並肩走出去。

上課鐘很快的響了，做完熱身以後，她讓學生們打籃球，而自己坐在一旁。她不是很懂籃球的規則，只能偶爾朗聲指揮。

正覺得有些乏味的時候，看見孟景涵從不遠處走來，光艷的流霞縈繞在他身上微微閃爍。

陽光太過炙烈，讓貝雅瑜慵懶的瞇起眼睛，只覺得一陣涼意拂過，孟景涵已經走過她身側。

他本來就高，現在她坐著，更覺得有股壓迫感，她坐直身體，正等著他停下來說話……

孟景涵卻正眼也沒掃她一下，步伐平穩的徑直離開。

……就這樣？

#

之後整整一個禮拜，貝雅瑜和他都沒再有任何交談。孟景涵有時會出現在校園內，貝雅瑜看見他，也不會去刻意攀談。

其實她真的滿在意的。

好歹他們也稱得上是朋友關係，何必因為個吻就這麼尷尬到過意不去？貝雅瑜剝了一瓣橘子，輕輕的放入口。

朋友關係。貝雅瑜想到，不由得有些失神，她真能將他的舉動當作意外嗎？

夏司宇一如既往的在後方忙校務，高挺的鼻樑上架著副金絲眼鏡，薄唇輕抿著。

孟惜晴從門口走進來，手中提著三盒便當。夏司宇見狀眉頭一皺，自從接受了上次的飲品後，她都會為貝雅瑜多準備一份，讓他沒有拒絕的餘地。

「謝謝。」貝雅瑜笑著接過，不經意的瞥了眼身後的夏司宇。他頭也不抬，只說：「放著就好。」孟惜晴卻開心的不得了，屁顛屁顛的跑了過去。

「我付妳錢。」夏司宇緩緩擱下筆，遞給她一張鈔票。

孟惜晴連忙擺手，嘴巴一癟：「不要。我們之間哪時候這麼見外了？」

夏司宇意有所指的說：「哪時候開始的，妳不是很清楚嗎？」然後將錢放在桌邊，淺淺笑著：「如果不收錢，便當也一起收走吧。」

這幾句話無疑讓孟惜晴既難過又失望，雙手絞著衣角，乾站著許久，走不是，不走也不是。

夏司宇見她不願意，長吁了口氣，起身把便當扔進垃圾桶。

「等一下！」一旁同事趕緊阻止，「每次都丟掉多可惜啊。你不吃，我吃！」

夏司宇「嗯」了聲，把袋子放在同事桌前。

貝雅瑜看著他，仍然不明白處事一向謙和溫柔的夏司宇，為什麼碰上孟惜晴的追求，會變得這麼決絕。在她眼裡，兩人無疑是相當般配的。

但她往往不會勸他接受這份感情，因為自己不是當事人，並沒有任何立場去干涉。

她又剝了顆橘子，一半分給孟惜晴，另一半分給夏司宇，自己又拿起原本那顆，有一下沒一下慢慢的吃著。

孟惜晴低頭雙手接過，眼眶已經紅了一圈。

事後，孟惜晴抱膝坐在她身邊，喪氣的說：「我覺得自己越來越失敗了。」

貝雅瑜安靜的聽著，看著她的側臉，拍了拍肩。她很敬佩她的勇往直前。

——無論再怎麼受到打擊，都能夠重新站起，不求回報的付出。

不畏艱辛，勇敢去追尋幸福。

貝爸爸想念貝雅瑜，打電話邀請她回去吃飯。

貝雅瑜到了老家，貝媽媽自知理虧，正眼也不敢看她一下。貝爸爸拉著貝雅瑜在客廳沙發上聊天。

談著談著，貝爸爸好像早就想好了要問什麼，笑著說：「小瑜，妳哪時候要跟裘冠博安排婚事？」頓了一頓，又補了一句，「妳年紀也已經差不多了。」

貝雅瑜愣了一下，目光移向不遠處的貝媽媽身上。她沒有向貝爸爸說過分手的事嗎？

貝媽媽不著痕跡的移開視線。

事後，貝爸爸身體有些勞累了，見她不肯說話便重重的嘆了口氣，先回到房裡睡下。

貝媽媽送貝雅瑜出去，正要關起門，聽見貝雅瑜問道：「妳怎麼沒跟爸說？」

貝媽媽愣了下，才明白了她是指裘冠博的事情。她嘲諷般的笑了：「別這樣看我，我並不是在為妳著想，只是怕妳爸爸知道這件事情以後，一時承受不了，說不定就又要送回醫院。我顧慮的只是這個。」

雖然她對貝雅瑜有很多的不滿，但並不至於因而矇蔽了雙眼，做出傷害自己丈夫的舉動。

後天，貝雅瑜的車拿去送洗了。
她在位子上靜靜坐著，公車穩穩駛開，窗外景物不斷的倒退，徹底融入了身後茫茫夜色。
前方傳來了開門聲，貝雅瑜低頭看著衣袂，只感覺到上車的客人腳步漸近。她不由得抬頭，只看見一抹頎長的身影走了過來。
輪廓逐漸清晰，竟然是孟景涵。他今天穿著一件淺色襯衫，西裝外套掛在手彎處，白皙的額頭上帶著些許薄汗，目光投了過來。
「孟先生。」
他只輕回了聲「嗯」。但她卻清楚分明的看見他嘴角緩緩上揚，雙眸升起一抹光亮。
他站在她不遠處，身旁不少女生向他偷偷望去。
過了不久以後，她提起包包準備下車，發現孟景涵也靜靜站在門旁。問：「孟先生要去哪兒？」
他低頭看她，半晌才沉聲答：「接惜晴，她把車開走了。」
貝雅瑜剛到嘴邊的「為什麼不開車」馬上收了回去。她倒是有些不解孟惜晴為什麼還需要他親自接送，孟景涵卻好像已經料到她要問什麼，淡笑道：「車撞壞了，算帳。」
貝雅瑜的手機響了，是孟惜晴打來的電話。她劈頭就大聲的叫：「完蛋了，完蛋了！瑜瑜妳必須救我！」
貝雅瑜輕輕一皺眉，把手機拉遠了些：「怎麼了？」
公車門已經開了，車身微微向前傾，貝雅瑜一手握著電話，一手拎著包包，他的手從後方穩穩的托住。

下車以後，她禮貌的向他頷首，耳邊還充斥著孟惜晴焦急的聲音：「我把我哥哥的車子撞壞了啦，他在路上過來準備找我了。瑜瑜妳得收留我一晚！拜託，拜託！」

不只在路上，而且還在旁邊。貝雅瑜側眸看了眼孟景涵，他神色從容不迫，並沒有一絲異樣。她壓低聲音說：「妳現在在哪裡？」

孟惜晴精神一下子來了：「我在妳家門口！」

孟景涵在中途就離開了，貝雅瑜一回家，果不其然的看見孟惜晴消瘦的身影蹲在門口樓梯上。

孟惜晴還有些驚魂未定，一張小臉蒼白無比。

貝雅瑜請她進門，她一屁股坐在沙發上，用力把自己的臉砸進枕頭裡，哀嚎：「最近我真的很衰！」聲音盡被枕頭擋住，形成一種悶悶的感覺。

「妳沒出事吧？」貝雅瑜問，「車怎麼撞壞的？」

孟惜晴「唔」了聲，回答：「我一直覺得自己開得很穩，但是回神的時候已經撞到牆上了。」

「……」貝雅瑜竟然無言以對。

晚上的時候，她進了浴室洗澡。

孟惜晴一人雙手托腮的看著牆上的壁紙，它花樣顏色都靜雅細緻，格外能夠安撫人心。

桌上猛然傳來震動聲，貝雅瑜手機螢幕亮了起來。孟惜晴沒有要偷看的意思，但是眼尾一瞄，事情便一發不可收拾。

孟景涵：「惜晴在妳家？」
孟惜晴掩面……這語氣怎麼看都像是肯定句，他到底怎麼知道她跑來這邊避難的！
不久以後，貝雅瑜便從浴室裡出來了，看見她死死的盯著她的手機，以為她沒事做想上網，便隨口說：「妳可以拿去用，解鎖密碼是６９４２。」
孟惜晴剛到嘴邊的「不用」一收，她轉念一想，笑吟吟的回答：「好啊。」
確認貝雅瑜走進了房間，傳來吹風機的轟轟聲以後，孟惜晴偷偷的打開孟景涵捎來的簡訊，一字一句的打：「她沒有來啊。」左看右看的，發現沒有任何破綻後才發出去。
然而另一邊的孟景涵……
修車廠的老闆看著扭曲的車身，搔了搔頭，朝他搖頭嘆息道：「這起碼需要三個月才能搞定。」
孟景涵感受到手機的震動，向他微微頷首。邁步走到一旁，拿出來看，頓時眉心一皺。孟惜晴能去的地方也只有貝雅瑜的家了，但沒有過去？
「知道了。」他回。
而孟惜晴接到這樣的簡訊後，樂得從椅子上跳了起來，也忘了這是貝雅瑜的手機，霹靂啪啦的回道：「太愛你啦(●°u°●)」！」
孟景涵看見這顏文字，修長的手指一頓，爾後望著遠方輕輕的吁了口氣。
孟惜晴則是原地石化了，看著貝雅瑜被她崩毀的形象，欲哭無淚。該承認是她打的嗎？但這樣就暴露了啊……

還沒決定好，已經吹乾頭髮的貝雅瑜走到她身後，伸手奪走了手機，口中問：「什麼東西看得這麼入神……」尾音忽然下降。

看見簡訊的紀錄，她的臉一下子僵了。貝雅瑜瞪了她一眼，趕緊回覆了孟景涵：「剛才那是惜晴。」

孟惜晴嘴巴張成O字型。竟然就這麼輕易的把她給賣了！

「還沒有完呢。」貝雅瑜笑著捏了捏她的臉頰，然後低頭又在螢幕上打起：「明早請你過來接她？」

孟惜晴猛然爆出了哀嚎：「別啊，我錯了！別把我交到魔鬼手中，求求妳了！」

一片混亂之際，另一邊則是安寧平和。

孟景涵站在浩瀚的星空下，月光汩汩流淌，襯得他的臉龐白皙乾淨。他看著那封簡訊，嘴角淺淺的勾起，回道：「了解。」

簡單明瞭。

孟惜晴悶悶不樂的蹲在旁邊，貝雅瑜走了過來，拍拍她的肩膀：「該來的還是會來，別逃避了。」

孟惜晴緩緩抬頭，臉上掛著兩行瀑布淚，語氣充滿了軟軟的鼻音，「嗯」了一聲回答：「我知道妳是為我好。」話一說完，她還是滿臉幽怨，只差頭上一雙垂著的耳朵。

孟景涵到底是哪裡可怕了？貝雅瑜百思不得其解。孟惜晴趕緊解釋：「他很腹黑！」

有嗎？她又想了一想，眼前忽然浮現出他目光深沉，壓著她吻著，技巧有些生疏的模樣。

「瑜瑜，妳是不是會熱？」孟惜晴戳了戳她，「熱到臉都紅了。咱們去買支冰來吃吧？」

#

隔天一早，貝雅瑜和孟惜晴正要出門吃早餐，孟景涵便已經等在門口了。

才剛踏過門檻，孟惜晴聳拉著耳朵，默默的藏在貝雅瑜身後。她見狀無奈的嘆了口氣，一會兒才擺上了溫和的笑容：「孟先生早。如果有時間，一塊兒去吃早餐？」

孟景涵淡瞥了眼孟惜晴，不置可否。她摀著臉暗暗叫慘，說話對象是貝雅瑜，看她做什麼？

然而她不知道貝雅瑜是在替自己拖延時間，讓她心理建設一下……雖然馬上就後悔了。

和孟景涵的相處模式好像自從上次以後，就已經回不去了。他們揀了個僻靜的角落，孟惜晴不顧形象的低頭扒飯，只留給他們一個後腦勺。

孟景涵坐姿優雅，窗外的旭陽逐漸灑在身上，顯得他膚色白皙，髮色染成了溫雅的淺褐。

貝雅瑜輕拿著湯匙在粥裡攪動，帶著濃郁香味的白煙緩緩升起，模糊了眼前他的面孔。

感受到氣氛不太對勁的孟惜晴，默默的將屁股挪到椅子邊緣，給他們相處的空間。然後盯著快要見底的碗，癡癡的笑了。

她好像已經想到解決辦法。

她抬起頭朝孟景涵問：「哥，瑜瑜邀我在她家裡住幾天。」然後偷偷擠眉弄眼的，好像在說

「你一定捨不得讓我拒絕她」。

這小妮子……貝雅瑜頭疼的捏了捏眉心。

孟景涵淡淡側眸看來，看孟惜晴那心虛又期待的模樣，嘴邊輕輕的溢出一縷笑。

淺淺的、緩緩的，幾乎聽不見的輕。

「可以。」

那嗓音清樂溫潤，彷彿盛夏西方吹來的薰風，沁人心脾。

孟惜晴看著臉有些紅的貝雅瑜，自己也重重捏了下大腿，當痛感傳來了才稍稍回神。

雖然已經從小聽到大，但這聲音真的一不小心……會讓耳朵懷孕啊。

話說瑜瑜還沒聽過他剛洗完澡的聲音呢，沙啞又引人犯罪。孟惜晴「唔」了聲，飯差點餵到鼻孔裡。

♯

「噢，他竟然這麼輕易的放過我了。」孟惜晴和她並肩走出教室，滿臉歡愉。

貝雅瑜斜睨她一眼，屈指彈了下她的額頭：「敢利用我？」

「這不是已經遭到報應了嘛。」她哀怨的抱著一大疊作業簿，「妳平常都給學生這麼多功課，他們會不會過勞死？」

拐進了辦公室後，孟惜晴將書放在桌上，然後將剛才多買的一袋饅頭遞給夏司宇，笑說：「剛才順便買的。」

一如既往的，他又沒有接受。

貝雅瑜下班的時候，便看見孟惜晴已經替她把學生的作業批改完了，整齊的疊在桌上一角。她正雙手抱膝，坐在椅子上發呆。

回家的時候，孟惜晴笑了：「瑜瑜妳辛苦了，我來替妳開車吧。」這笑容卻不怎麼好看。

貝雅瑜略遲疑，還是點了點頭。

然而孟惜晴的開車技術，讓貝雅瑜徹底明白為什麼昨天她會把孟景涵的車撞壞……

「好了，停下！」貝雅瑜大聲命令道。

孟惜晴「哦」的一聲，緊急煞車，後座力讓兩人身體猛然向前傾。貝雅瑜被安全帶勒的有些痛。身旁卻一直都是安靜的。

她側眼看了過去，孟惜晴雙手還搭在方向盤上，頭枕在上面，纖細的肩膀微微顫抖。貝雅瑜蹙起眉：「怎麼了？」竟然在哭？

孟惜晴搖頭，語氣哽咽：「……我、我不知道怎麼繼續了……」

每次都告訴自己，再努力多做一些，但每每這樣，他只會離她愈來愈遠，直到現在已經成為一段遙不可及的距離了。

貝雅瑜靜默片刻，伸手把她摟了一摟。

#

隔天早上孟惜晴就先告別回家了，臉色並不是很好。

之後整整一個禮拜，她都沒有再過來看夏司宇。

今天貝雅瑜趁著空擋時間去了趟圖書館，裡面氣氛溫和靜謐，隱隱約約間只聽得見翻書的刷刷聲響。

她看見喜歡的書放在書櫃的最上方，拿不到，便輕聲詢問一旁正在整理書本的工作人員可不可以幫一幫。

之後，她便靜靜的坐在位子上讀著。貝雅瑜今天穿著米色的羊毛衫，微微低著眼簾，一頭墨髮懶散的垂在肩頭，身影在安寧的環境中，顯得恬靜又怡人。

時間差不多的時候，她闔上書本，眼角的餘光卻看見一抹消瘦挺直的背影。

一眨眼，已見他徐徐邁開長腿，隱在一排排排列整齊的書櫃中，發出輕微的沙沙聲。

當貝雅瑜想把書放回去的時候，就開始有些困擾了。明明已經踮起腳尖，手卻搆不到最上方的書櫃中，而工作人員已經不在身邊。

「貝老師好。」一名國三的男學生走了過來，笑容可掬，「要不要幫老師放？」

貝雅瑜抿唇一笑，「麻煩同學了。」

他雙手接過書，然後一踮腳尖……和她一樣放不上去。他的臉一下子紅了起來，賣力的繼續跳啊跳的。

「噢，你很遜耶！」一旁的學生搶過書，輕而易舉的放了上去，然後朝貝雅瑜比了個大大的拇指，露出一排晶亮的牙齒。

「謝謝你們。」貝雅瑜也笑了，心中感嘆這些男孩子長真快。

離去的時候，男學生們紅著臉嘰嘰喳喳的在討論關於她的事。

此時，貝雅瑜看見孟景涵，他正在櫃檯前方排隊，窗外的陽光灑在他身上，環繞著一層薄薄的光暈。

他微瞇起眼，側眸看來。

越是覺得尷尬，他便越會姿態卓越的出現，顯得她有些手足無措。最近實在太常遇見他了。

順著看過去，只見他修長的手指扣著兩本書。貝雅瑜終於找到話題：「孟先生來借書？」

他平靜的答了聲「嗯」。

貝雅瑜說：「不打擾了，一會兒再聯絡。」

沒有聽見回答，她逕自走了出去。身後卻霍然傳來他溫涼的嗓音：「下班後有事嗎？」

貝雅瑜腳步猛的一頓。一回頭，卻見他緩緩的勾唇笑了。

「和我出去一趟，如何？」

沒由來的，貝雅瑜看著他清俊的面孔，心中有些不安。

他最近好像……愈來愈常笑了。

看著他笑，她心中卻只能想著：真好看。

#

「什麼！」孟惜晴滿臉驚恐的拍桌而起，大喊，「我哥約妳？」

貝雅瑜漫不經心的抬手，看了看剛修剪好的指甲，回了聲「唔」。

「親愛的瑜瑜。」孟惜晴一臉八卦的挨在她身旁，戳戳她的肩，笑得有點詭異，「妳怎麼回答呀？今天這麼晚才回家是因為去赴約嗎？我哥哥是不是還在追妳？」

面對她無數的問題，貝雅瑜嘆了一口氣，用力戳了下她的額頭。

「都不滿足我的好奇心啊。」孟惜晴趴在桌上，嘴角悄悄彎了彎。

其實她知道貝雅瑜如何應對的，大概是拒絕了吧，要不然怎麼會不說話呢？

如果孟景涵真的在追她，孟惜晴倒是不擔心他辦不到，畢竟……他有的可是越挫越勇的個性啊。

至於為何貝雅瑜遲遲把她當耳邊風……

回想了下，她當時說「我下班後還有事」，也不知道為什麼她要這麼回答，但是面對著他意味深長的目光，她也只能就這麼睜眼說瞎話……之後落荒而逃。

她拋開那些思緒，問道：「夏司宇最近怎麼樣？」

孟惜晴「哦」了一聲，笑說：「我要來個欲擒故縱。這段時間不去找他了，晾著讓他空虛空虛。」

雖然只是場賭局，但是絕對不會放棄。
事實證明，這招對夏司宇並不管用。他面對工作一如既往的認真嚴謹，平常也是溫柔隨和，完全和以前一模一樣。
貝雅瑜有一天，忍不住問了：「你真的不喜歡惜晴？」
夏司宇站在印表機前，手指停在螢幕上，微垂著眼簾：「我只當她是朋友。」
貝雅瑜沒有回答，氣氛頓時有些僵硬，她皺了皺眉又問：「你……是已經有喜歡的人嗎？」
印表機發出細微的轟轟聲響，一張張紙排列整齊的印了出來。她看見他雙眼有些迷離，抿著的唇染上一抹笑意，輕輕的回答……
「沒有。」
那又怎會對愛情，如此排斥？

#

今天到了六點，貝雅瑜才收拾好班上的事情，看見時間已經不早了，趕緊拎起包包回家。
夜路走起來有些沉，她車子停的遠，不禁感到有些疲憊。
身邊忽然傳來一縷濃厚的煙味，她目光一偏，竟然看見裘冠博的身影。
他瞇著桃花眼靠牆看她，那眼神像是在欣賞什麼藝術品似的，手指間夾著根菸，有一下沒一下的抽著，另一手則插在褲袋，模樣看起來慵懶不羈。

他「喲」了聲，招呼：「小瑜，好久不見啦。有沒有好好想我？」

貝雅瑜一皺眉，一股厭惡感湧上，只當作沒看到的走過。哪料裘冠博狠狠吸了口菸，朝她臉上迎面直直吁來，菸一下子竄上她的臉，嗆得貝雅瑜直咳嗽，摀著口鼻向後退了一步。

「裘冠博，你鬧夠了沒有？」她瞪了他一眼，語氣凌厲，「我哪裡惹到你了，難道就不能安分守己些嗎？」

裘冠博點了點頭：「妳是沒惹到我。」然後唇角一勾，「但是妳父親澈底惹怒我了。」

爸爸？貝雅瑜冷笑出聲。他一向對裘冠博最好了，恨不得她趕緊嫁給他，只是沒想過他是這樣吊兒啷噹、不值得依靠的男人。這樣的貝爸爸能惹到他哪裡？

「還有，我也討厭看見妳笑。」他忽然將煙蒂扔在地上踩熄，向前邁了幾步，忽然失控似的大吼，「算妳倒楣！」然後使勁一推！

貝雅瑜站在人行道邊緣，向後踉蹌後猛然腳一踩空，一台機車正巧從對頭開來，她嚇得閉眼試圖穩住身體，車身迅速擦過她的胳膊，之後便狠狠摔倒在地，痛感一下子襲來。

耳朵嗡嗡作響著，眼前景物不斷的旋轉。她隱約間看見裘冠博嘲諷的笑了，朗聲挑釁「等著」，便小跑步的離開。

不知道過了多久，一些路人駐足在旁邊。貝雅瑜吃力的扶著地板坐起，身後一抹溫暖襲來：「不准動。」

她看見了孟景涵。他的臉有些沉，二話不說的脫下外套，迅速的替她穿上，然後在身前蹲下，沉聲說：「上來，我帶妳去醫院。」

路人見狀，趕緊上來扶她。

貝雅瑜趴在他背上，兩手繞過他的後頸。孟景涵步伐很穩，卻走的很快，一張側臉乾淨，只是薄唇抿著一抹剛硬的弧度，微涼的手牢牢扣著她的腳踝。

「不用去醫院。」她神智逐漸清晰，「沒那麼難受，你送我回家就好。」

他打開副駕車門讓她進去，之後才從另一側進來。沒聽到回答，貝雅瑜扯了扯他的衣袖：「答應我。」

孟景涵眉心一皺：「別胡鬧。」

他的側臉剛硬，看起來很不開心。貝雅瑜第一次被他這樣斥責，摸了摸鼻子，只好妥協了。

到醫院以後，醫生給她包紮。她腳踝有些扭到，膝蓋擦傷滲血，最嚴重的是被機車撞到的胳膊，一片烏青，襯在白皙的膚色下顯得怵目驚心。

她坐在一旁，孟景涵看她起身不方便，便替她去櫃檯領藥。

那櫃檯的女護士見他走來，拿出幾包物事說道：「每天早晚各要換一次，還沒好之前要吃清淡食物，禁辛辣。之後如果還有什麼不舒服就趕快回診。」頓了下，「等下記得和女朋友解釋怎麼用。」

孟景涵輕輕頷首。

回來的時候，他目光有些沉，在她面前蹲下，命令道：「上來。」

看著他挺拔的背脊，貝雅瑜「唔」了聲，想起剛才無意間聽到護士說的話，臉有些紅了。

被當成他的女朋友，他不但沒有解釋，還……很理所當然的樣子？

回到家以後，孟景涵將她放到沙發上，貝雅瑜有些蒙了，一會兒鼓起勇氣凝視他，問：「為什麼要幫我？還有為什麼你最近……常常出現在我身邊？」

孟景涵在廚房倒了杯溫水，聞言目光一頓，朝她徐徐走來。

貝雅瑜看著眼前的孟景涵，他的手握著玻璃杯，嗓音溫涼：「先喝。」

貝雅瑜伸手接過，一口一口慢慢喝下。他就這麼靜靜待著，直到杯子已經見底，她將杯子擱在旁邊桌上，有些發窘。

孟景涵總是這麼疏離又溫暖的存在，每次在她遇難的時候，都會出手相助。

貝雅瑜腦海中浮現出孟惜晴的話——「他是不是在追妳」。

她當時不以為然的笑了。怎麼可能？他這樣善良的人，要是遇上除了她以外的人遇難，一樣會毫不猶豫的幫忙的。

然而此時，看著他近在眼前，那觸手可及的距離，越來越讓人覺得曖昧模糊。

「……孟景涵。」她聽見自己的嗓音有些顫抖，「你是不是喜歡我？」

話一出口，她後悔了。

貝雅瑜發現，無論是哪種回答，她都不知道該如何應對。

過了良久，久到氣氛都有些凝滯了……

「妳現在才發現？」

這瞬間，她只覺得滿腦都陷入了混沌。

然後，她想起孟惜情，這懂得勇往直前的女孩，想著想著，默默對自己評價道：貝雅瑜，妳真自私。

#

隔日，貝雅瑜發起高燒，昏昏沉沉的一直睡到中午，才恍然發覺自己忘了起床去上班。

「瑜瑜，妳終於醒來了。」孟惜晴趴在她床邊，一雙眼睛睜得老大，「哥哥他要去上班，所以叫我過來照顧妳。」然後說話一頓，「我已經幫妳請了假，別擔心學校那邊。」

貝雅瑜應了聲「好」。孟惜晴看她虛弱的模樣，趕緊去拿退燒藥和水讓她服下。

孟景涵不久後便回來了。

他剛邁到房門口，玄關處的柔黃燈光籠罩著他，看見孟惜晴笨手笨腳的給貝雅瑜換傷口的藥。

孟惜晴看見他，「噢」的一聲，笑了：「我去給瑜瑜買退熱貼。」然後一蹦一跳的離開了。

貝雅瑜坐在床邊，垂著頭不知道在想什麼。孟景涵緩步走過去，見到她胳膊上纏繞在一起的紗布，皺了皺眉，蹲下親手重新包紮。

她表情不太自然，痛意還在持續蔓延，但還感覺得到他的手指不經意的摩挲過肌膚。

空氣中瀰漫著一股藥水味，清清淡淡的。時間過得很慢，只傳來牆上時鐘滴滴嗒嗒的清脆聲響。

他剛打上了個結，抬眸便愣了下。

貝雅瑜身軀輕靠著床頭，窗外灑進來的陽光襯得肌膚白裡透紅，光澤細膩的墨髮披在兩肩，透著幾分散慢的感覺，長而微捲的眼睫低垂，在眼下留下淡淡的陰影。

此時，孟惜晴來勢洶洶的回歸了。

「瑜瑜——」

剛要說話，便被孟景涵的目光一掃，趕緊閉上嘴。

孟惜情往床上一看，只見貝雅瑜輕靠著床頭……就這麼睡著了。

第六章：親愛的你

貝雅瑜醒來的時候，孟景涵已經離開了。孟惜晴待在她一旁，見她醒來，趕緊去廚房盛了碗粥過來。

燒已經退的差不多，她仍然覺得渾身都有些沉沉的，有種頭重腳輕的感覺。喝了口粥，扯唇笑了：「妳會做飯？」

孟惜晴「唔」了聲反問：「好不好吃？」

溫軟的氣息在味蕾裡，香味濃郁細緻，無疑是極好吃的。貝雅瑜點了點頭。

「噢。」孟惜晴笑瞇了眼睛，「我哪會煮什麼飯？這都是我哥離開前替妳弄的。」

貝雅瑜愣住了，眼前不禁浮現出那身影，心中想：竟不知不覺就依賴著他了。

晚上的時候，孟惜晴回家了。她還是不怎麼放心貝雅瑜，說明天會在過來造訪。

她一離開，整個家裡都安靜了下來。橘黃的柔光灑滿室內，明明是溫馨的裝潢，卻反而泛著些許孤寂的感覺。

此時，門鈴忽然響起。貝雅瑜嘆了口氣，從床上起身去開門。

來訪的人是裘媽媽。

貝雅瑜之前和她有過幾面之緣，她看起來還是一如當時的年輕貌美。一頭成熟的長捲髮，膚色白皙細緻，擁有和裘冠博極像的桃花眼。

「雅瑜，好久不見了。」裘媽媽笑了，眼角拉出細細的笑紋，「今天來和妳道歉，冠博他太失禮了。」

貝雅瑜長愣了下，繼而輕皺了下眉頭。裘媽媽說：「不用請我進去，我們挑個餐館坐著好好聊？」

她抿了抿唇，還是答應。貝雅瑜換了身衣服就和她出門了，現在華燈初上，夜路上一片繁華光景。

裘媽媽和她談論著很多事情。她已經知道貝雅瑜和裘冠博老早就分手了，只是沒想到裘冠博會一直對她做出過分的舉動。

裘媽媽道：「他回家之後，知道自己錯了，就和我說了這些事。」

此時，手機忽然響了起來，打來的是孟惜晴。貝雅瑜腳步一頓，耳邊傳來裘媽媽溫和的嗓音：「接吧。」

一時被堵得說不出話來，裘媽媽是個處變不驚的人，讓她總覺得高深莫測。

孟惜晴劈頭就說：「我出門前忘了把包包帶走了，等等可以去妳那裡拿嗎？」

貝雅瑜看了眼身旁的裘媽媽，才回答：「我現在不在家裡。急不急？能不能我晚點再送過去給妳？」

她驚訝的「誒」了聲：「妳傷都還沒好，出什麼門？」

「沒事。」貝雅瑜含笑回答，「除了手臂，其他的地方都不怎麼痛了。」

一旁裘媽媽卻驚呼了出來，纖手掩唇：「哎呀，我都忘記妳身上還有傷，竟然就這麼把妳給叫出來了。」

看著裘媽媽驚訝的表情，貝雅瑜竟然冒出一個形容詞——假惺惺。

#

隔日，貝雅瑜還是去教課，一早步入了辦公室，她便看見了孟景涵和夏司宇在不遠處說話。

夏司宇見到她擔憂的皺眉：「都聽說了，傷好些了嗎？」

貝雅瑜回道：「已經沒什麼大礙了。」順手將包包輕放在桌上。

一會兒，她裝作不經意的抬頭：「孟先生早。」

孟先生。

這話剛說出口她才覺得不對勁，明明和他認識有段時間了，但張口閉口總是這樣稱呼他。可是想起前天他所說的話……貝雅瑜頓時覺得臉又燒起來了。

「早。」孟景涵淡淡的回，和以往的模樣沒什麼差別。

一時之間，沒有人說話。

不遠處的夏司宇將金絲框眼鏡戴上，拿起一疊資料便勾唇淺淺一笑：「校長有事叫我，先過去一趟了。」

貝雅瑜也得去班上，將厚重的作業簿抱起。

孟景涵握起水杯仰頭飲下，喉結上下滾動，之後將杯子擱在桌上。

貝雅瑜抬眸愣了一下，很快的移開目光，過了好一會兒，她輕輕喚到：「孟景涵。」

他還在看她。

「我不能接受你。」貝雅瑜鼓起勇氣說：「我對你沒有別的意思，對不起。」

嘴上雖然這麼說著，心中卻不知怎麼的，有些酸澀。她不忍心聽到回答，更怕露出破綻，低著頭快步出去了。

抬眼看見清澈的天空，她想，能像孟惜晴一樣追求幸福，果然也是種奢侈。

這是貝雅瑜橫下心做出的決定，而造成的原因實在太多了，可追根究底，就是她自私。

僅僅自私。

♯

貝爸爸打電話過來，要她回去家裡一趟。

遙遠的夕陽餘暉從山巒間滲透出來，在大地間布滿了金色光環。貝雅瑜站在窗邊，聽見貝爸爸的話，正好沒事，便打算放學後就開車過去。

到了家裡時，前來開門的是貝媽媽。

她的臉色非常難看，貝爸爸則是坐在客廳的沙發上，手拿著報紙。貝雅瑜感受到沉悶的氣息，不由得皺了皺眉。

當她走到貝爸爸身前，「碰」一大聲，忽然將報紙扔在桌上，濃濃的眉毛豎起，令貝雅瑜心中咯噔了下。

他站起身筆直走來，忽然高高揚起手，打了貝雅瑜一巴掌。

痛意猛的從頰上直竄到牙關，她一下子被打得蒙了。

「不要臉！」貝爸爸指著她破口大罵，「妳老實說，是不是和裘冠博分手了？」

貝雅瑜愣了一下，看了眼不遠處的貝媽媽，頓時恍然大悟，輕扯了扯唇，原來是因為這件事情。

「妳怎麼可以這樣做！」貝爸爸竟然崩潰了似的，兩手緊抓著頭，眼球布滿血絲。

貝雅瑜的臉頰還火辣辣的痛著，嘴角似乎被打破了皮，鐵鏽味蔓延到舌尖。她抿了抿唇，不甘示弱的凝視著他，一字一句的說：「爸你還有力氣打我，想來還可以活挺久的。那就不是因為快病倒了才要我趕快結婚吧，你能不能告訴我真正原因？」她憑著直覺說出來，話一出口，她自己都嚇了一跳。

貝爸爸聞言明顯一愣，靜靜的放下手：「我快不快死了，這種事情旁人哪看得出來。」然後一頓，「妳難道連我最後的願望都不願意達成嗎？」

他語氣中竟然有些哽咽。

四周一片沉寂，貝雅瑜心中一堵，只覺得氣氛壓抑到令人渾身不自在。

之後，貝爸爸緩緩的轉過身，步伐蹣跚的走回自己房間，關門聲大到震耳欲聾。

貝媽媽「哼」了聲，兩手在圍裙上用力擦了擦，語氣充滿不屑：「就算再怎麼隱瞞，事情還是會浮出水面的。看看妳現在犯了什麼錯誤？看看妳爸現在多傷心！」

她的錯誤？貝雅瑜失笑，到底哪裡做錯了？對於貝爸爸的種種要求，她都有盡力去完成，包括和裘冠博交往多年也是為了他。

都做到這地步了，他們還有什麼權力去指責？

「妳一定以為是我故意告狀吧？」貝媽媽雙手環胸，語氣很衝，「可惜是裘媽媽親自打來和他說的。以前她的電話我都擋下來了，這次是我出門才讓妳爸接到電話——不管如何，這一切都是因妳而起，等等要是妳爸出了什麼事情，我絕對不會原諒！」

貝雅瑜腦中一直迴盪著貝媽媽的話。

她拎起包就朝著門口跑去，一切的憋屈與不甘瞬間湧上心頭，眼眶不禁紅了一圈。

「我都聽說了！」貝媽媽在她身後喊道，「妳最近和一名叫孟景涵的男生走得很近吧？是不是開始交往了？」

貝雅瑜聞言腳步一頓。

貝媽媽見狀，得意的繼續說：「改天帶他去見爸爸，事情這不是就圓滿了嗎？」

前方的薰風吹拂著樹影婆娑，天色隨之黯淡無色。

貝雅瑜冷冷的扯唇笑了：「我不可能會利用他。」

那麼的雅人深致，那麼的善良的他，她怎麼能讓他捲入這場糾紛？

無論是家庭，亦或者暗自要將她推向死路的人，她都不願意讓孟景涵承擔這些。

♯

翌日。

「瑜瑜。」孟惜晴打電話給她，「後天我們要出去看電影，妳要不要一起過來？司宇和哥哥會一起。」

貝雅瑜握著電話，眼簾微垂，應了聲「好」。

她也有些話得和孟景涵說清楚。

貝雅瑜有些愣神的想著他的身影，清疏迷離，與世隔絕般的不真實。

後天的傍晚，風微涼。孟景涵在樓下等她，貝雅瑜起床時拉開窗簾，陽光縷縷滲透得滿地輝煌，一台黑色寶馬安靜的停靠在路旁，熟悉而醒目。

她匆匆的打理好自己後便出門了，靠近著車身，一步又一步，只聽得到自己高跟鞋的清脆聲響，心中不由得緊張起來。

幽深的車窗遮住了裡面，依稀只看得見一抹模糊的身影。她俯下身來，輕敲了敲窗：「孟先生。」

車窗玻璃很快的搖下來了。孟景涵坐在座駕上，一雙深邃似海的眸子沉靜，彷彿能夠看穿所有的情緒。

他道：「上來。」

開門的這一刻，她忽然想起孟惜晴曾坦白，說孟景涵一向討厭別的女生上車。

——「孟景涵，你是不是喜歡我？」

——那時的他，挑眉反問：「妳現在才發現？」

孟景涵側眸淡瞥她一眼。她今天穿了件褐色羊毛衫，袖子有些長，只隱隱看得見她芊芊十指緊張交握。

一張白皙臉龐，稍微透著困擾，似乎正在思考些什麼。

他的手輕輕搭在方向盤上，車開得很穩。一路上兩人都緘默不語，氣氛寧靜安然。

過了一會兒，貝雅瑜昨晚沒睡好，現在竟然開始想瞌睡，一雙眼睛睜著，睫毛顫動，就是不肯闔上。

貝雅瑜忽然一個激靈，問：「惜晴呢？」

他回：「搭夏司宇的車先過去了。」

貝雅瑜明顯愣下，才「嗯」了聲。

前方一個紅燈，車子徐徐停了下來。

孟景涵忽然傾身過來。

修長的手撐在她兩側，高挑的身影將她壓在身下，靠得很近，能感覺到溫熱的氣息籠罩過來。

這不會是……又要吻她？

一股沁涼的氣息劃過心頭，貝雅瑜心跳頓時有些失速，看著他逼近的面孔，避無可避。

椅子陡然一降，貝雅瑜整個人蒙了。

前方已經轉綠燈，後方的車輛中傳來陣陣喇叭與喧嘩，但她絲毫未覺。

孟景涵將車緩緩駛開，微微勾起的唇角顯出他今天愉悅的心情。他嗓音依舊溫涼如玉：「累了就睡一會兒。」

貝雅瑜漲紅了臉，將薄外套蓋在臉上，她敢打賭他一定是故意的。

之後自然是……睡不著。

到了目的地以後，孟惜晴看見貝雅瑜便熱絡的奔過來狂擁一番。

「瑜瑜——」她蹭了蹭，勾起她的手，「我們先一起去吃晚飯，等等看電影才不會餓肚子。」

夏司宇走了過來，今天沒有戴上以往的眼鏡，露出微微瞇起的眼睛。

他們去了附近的餐館吃飯，這時的人潮特別多，等了一陣子才選到了個好位子安靜吃飯。

貝雅瑜突然想起，曾經她也和孟景涵在一家餐館裡不期而遇。那時的她因為滿臉濃妝，心中忐忑的拿起菜單遮住面孔，他卻彷彿沒有看見她的窘迫，一步一步，走到她面前。

——「今天的妳看起來……與眾不同。」

他的雙眸似灘化不開的濃墨，深邃幽深，幾乎令人一眼便會窒息般的陷入。

湯匙在湯裡劃出了個弧度，貝雅瑜攪動了下，微微抬眸。

孟景涵靜靜坐在她對面，清澈的眸子看著她，目光卻灼熱。貝雅瑜很快的移開視線，瞥見他削薄輕抿的唇角勾著淺淺的弧度，似笑非笑。

這目光實在太熱人了。

貝雅瑜說：「我去趟洗手間。」

一時之間，耳畔邊什麼也聽不清晰了。

她只感覺到自己清脆的腳步聲踩在冰冷的大理石地板上，心中掀起陣陣漪漣，愈來愈焦躁。

直到看見鏡中的自己，她才發現臉上早已布滿了紅暈。

……貝雅瑜望著天花板哀嘆一聲，怎麼有點被挑戲的感覺？想了想，孟惜情那句「我哥哥還很腹黑」，果然一點錯都沒有。

♯

孟惜晴選了部恐怖片，位子和夏司宇訂在一起，貝雅瑜的位子偏中後，孟景涵則剛好在她後方。

電影院裡安靜到有些壓抑，孟惜晴輕手輕腳的走了進去，貝雅瑜卻知道她比誰都還要緊張，便輕輕拍了拍她的肩膀。孟惜晴表情終於才有些鬆動，用口形說了聲「謝謝」。

貝雅瑜的位子視野倒是滿廣闊的，孟景涵落坐在她身後，依然安靜內斂。

燈光很快的暗了下來。

這部影片是關於一家凶宅，只要入住進去的人，不到一個月就會身亡。女主角在一個機緣巧合下路過，親眼看見有個懷孕的婦女跳樓自殺，掉在自己身前，形成一灘血肉……

電影院裡不少情侶來看，女生的驚呼與男生的安慰此起彼伏。貝雅瑜從小就不怕看恐怖片，只覺得心裡怪不舒服的，一手撐著臉頰，看得興致缺缺。

然而就在此時，前方的座位上有名高挑的男人站起，向著門口離去。

投影片猛的一亮，照清了他的面孔。是夏司宇。

貝雅瑜疑惑了下，趕緊打起精神來，一會兒又見到一抹顯得比較嬌小的身影隨著他離開，貝雅瑜認出是孟惜晴。

是怎麼回事？

她往後轉頭一看，孟景涵正筆直坐在身後，對上她疑惑的目光，他低聲道：「別理會。」

貝雅瑜微微頷首，回過身。

電影看完後，孟惜晴和夏司宇依舊沒有回來。

孟景涵先站起來，貝雅瑜則比他早些走到了旁邊的小道，隔音毯走起路來，步伐成為悶響。

出了電影院，撲面而來的是股清新的空氣。

孟惜晴獨自坐在門口前的椅子上，垂低的頭看不見她的神情，晶瑩的淚珠卻清晰的撲簌簌落下，打在她膝蓋上的手背上。

貝雅瑜已經看過她哭過好幾次，然而每次哭泣，都是為了同一人。

孟惜晴知道他們就在不遠處，但心中一陣陣的抽痛著，實在太過難受了。某個畫面清晰的在腦海中徘徊不休。

——夏司宇唇輕輕抿著，眼神是前所未有的疏離。

他說：「妳已經造成我的困擾了。」說話一頓，又續道，「我不會喜歡上妳，所以別再做沒用的舉動。」

她不過是想碰碰他的手，牽手這種事情，倆人還小的時候就牽過無數遍了，只是如今，很多事情都變了，變得更加遙不可及。

此時在他的眼中，孟惜晴不過是個可有可無的女孩。當她追得愈來愈緊，便漸漸成了個礙眼的人物，非除不可。

貝雅瑜心想，有時候越是溫潤的人，越是冷情。

♯

孟惜晴簡直變成了個人似的。原本的執拗與堅持，在夏司宇冷漠的話語中瞬間被吞沒。

貝雅瑜不解的是，孟景涵身為她的兄長卻是不聞不問，好像漠不關心。

直到有一天親口去問孟惜晴，她才澈底明白——不是不關心，而是他打從一開始就不看好他們。至於為什麼，貝雅瑜仍是沒有頭緒。

她認為夏司宇和孟惜晴無疑是般配的。

「瑜瑜。」孟惜晴笑了，有點荒涼，「別替我擔心，我遲早會放下他的。這樣的男人不值得我毀了自己……不過我需要些時間。」

原本那信誓旦旦，說著一定會追上夏司宇的勇敢女孩，現在已經徹底放棄了。

貝雅瑜看見她身旁擺滿的酒瓶，心中不由得也難過起來，伸手將她摟進懷中。

孟惜晴靜了半晌，忽然啜泣起來，後來情緒逐漸轉大了，直至成為痛哭失聲。

——如果會造成對方的困擾，就非放不可了。或許這才是真正的喜歡。

#

翌日，貝雅瑜接到了來自裘媽媽的電話。

她溫言溫語的問：「傷有好些了嗎？」

不知為何貝雅瑜想起貝爸爸打的一巴掌，不禁皺了皺眉：「如果是指裘冠博造成的那些傷，已經好了。」

說完卻有點後悔，裘媽媽是無意才和貝爸爸透露和裘冠博分手的事，現在的講話語氣有些偏激，似乎是把事情遷怒給她。

「這樣啊，那我就放心了。」裘媽媽似乎沒察覺到似的，語氣一如既往的柔和。

貝雅瑜還沒有開口說話，門鈴卻響了起來。她皺了皺眉，卻聽見「碰碰碰」急促的敲門聲。

她前去開門，來人是貝媽媽。

開門，便見她眼睛下方有著深深的黑眼圈，表情凝重：「怎麼都不接電話？」話一說完，就看見貝雅瑜手持的手機，臉色澈底冷了下來，命令：「掛掉，快跟我來。」然後用力抓住貝雅瑜的手腕，那長長的指甲刺進了白皙的肌膚裡。

貝雅瑜痛到「嘶」了聲，試著重重甩開，貝媽媽卻握的越來越緊。

她有些惱怒的問：「到底要幹什麼？」

「幹什麼？」貝媽媽反問，一雙眉毛生氣的豎了起來，「妳爸爸病倒送醫了！」

貝雅瑜呼吸一滯，耳畔邊卻傳來貝媽媽傳來的話：「他好不容易出院，現在又因為妳而病倒了。這一切都是妳造成的！」

耳邊嗡嗡一響，貝雅瑜只聽得到自己急促的心跳聲，一下接著一下，節奏那麼的清晰快速。

她們一路無話，到達醫院的時候，感應的玻璃門一開，裡面傳來的冷氣引得貝雅瑜打了個寒顫。

「一會兒妳和爸爸說已經交到男朋友了。」貝媽媽邊走邊囑咐，側眸掃她一眼，「哄哄他也好，免得他又得心情不好、病情繼續惡化。」

貝雅瑜抿唇沒有說話。貝媽媽見狀冷哼一聲，走去櫃檯和護士談。

她們被領到病房門前，貝媽媽先開門進去，一股濃烈且刺鼻的酒精味撲鼻而來，裡面是一間寬敞的病房，設備簡單，白色燈管的照射下顯得冰冷孤寂。

貝爸爸躺在床上已經醒了，頭上纏著繃帶，臉色有些虛弱。貝媽媽過去將一束花放在旁邊小桌子上，便扶他坐起來。

他看見貝雅瑜了，神色很複雜。

一時之間，誰也沒說話。

貝媽媽過去換過花瓶裡的水，發出淅淅的聲響，不久後停止，她將花一枝接一枝放了進去，側眸淡淡的掃過。

貝雅瑜直當沒看見，抿了抿唇說道：「爸，我可以問個問題嗎？」

貝爸爸聞言抬頭，沒有應聲。

「為什麼你得逼我？」貝雅瑜凝視著他，一字一句的說，「這麼草率的做決斷，我未必會如你所想的幸福。」

貝爸爸竟然沒有話應對，只能沉默。良久，他回答道：「我知道裘冠博是個好男人。」

他話講的很吃力，一句話斷斷續續的，聲音很小。她不由得想起剛才護士說的話，是後腦撞到浴室地板才暈倒，果然摔得挺重。

好男人？貝雅瑜冷冷一笑：「他事先出軌。」

這消息似乎對貝爸爸來說並不驚奇，他臉上沒什麼表情，不知道是不是腦部受傷導致有些遲鈍了，還是早就知道有這一回事。

「如果我有新的對象了，他待我比裘冠博更好……」貝雅瑜試探問，「爸，你會怎麼想？」

貝爸爸眼睛猛然睜大，雙手用力絞緊被單。貝媽媽正好走過，他忽然一揮掌，將她手上的花瓶掃落。

「匡啷。」

「啊——」玻璃碎片猛然扎進了手臂，貝媽媽痛得驚叫失聲。

門外陸續傳來了腳步聲，自遠而近，繁雜又急促。護士們很快地趕到現場，這群人陸續一湧而近，手忙腳亂的簇擁著貝媽媽和貝爸爸。

有人在替貝媽媽包紮、也有人在問候貝爸爸，顯得整間病房愈來愈吵雜。

「傷到哪裡了？」、「您還好嗎？」

貝雅瑜本就站在門口，一陣涼意從腳底攀升。

貝爸爸渾身哆嗦，雖然離的遠，貝雅瑜卻清楚分明的聽見他牙齒碰撞，發出毛骨悚然的格格聲響。

他究竟是在害怕什麼？

沒什麼值得他這樣害怕的。

貝爸爸一直是個勇敢的人，待人仁慈，以前即使病情不樂觀卻仍能夠維持一貫的鎮定，從來沒有像這樣慌亂無措過。

#

——雙眼猛然睜開。

入眼的是一片明亮的天花板。窗外的陽光滲透過窗戶進來，照得木質地板顏色柔和。

貝雅瑜頓時覺得不對勁，趕緊掀起被子去拿手機，已經是九點三十分，她現在應該在學校的。

她趕緊起身去準備。

學校打來電話催問，貝雅瑜皺起眉頭，只能連連說著「我快到了」。她套上了鞋便拎起包出門。

今天天氣格外晴朗，鳥兒與蟬鳴聲交織在一起，溫暖的陽光灑滿了四周，不時薰風微拂，樹影逐漸婆娑起舞，引起沙沙的摩擦聲，令人心曠神怡。

明明這樣的天氣下，一股不好的預感卻從心中升起。她五指不禁收緊了包包，周圍無數匆忙的面孔都粗糙起來。

有人在跟蹤她。

一旁的聲音全都隱去了，她只聽得見自己清脆的腳步，那麼的空洞冰冷。

身後有個男人若無其事的跟著，貝雅瑜刻意邁到多人的大街上，霍然回頭看他。

只見是名光頭造型的男人，長得很高挑，頭頂有著詭異的紫色刺青，一身便衣，腳步輕快的保持著不遠不近的距離。接受到她的目光只是微微一愣，之後不以為然的笑了笑，拐進一旁的小巷子裡了。

貝雅瑜壓根不想去理會他到底離開了沒有，上了車子後便快速的駛行開來。

車內悶熱無比，她將車窗拉一個小縫，一縷縷細微的清風終於吹散了滿室的不安。

此時，學校又打來了電話。貝雅瑜按下接聽鍵：「我很快就到了。」

他們又催了幾句才掛斷，貝雅瑜車速盡可能的加快。

忽然響亮的「磕」一聲，貝雅瑜嚇了一大跳，一隻小刀竟然直直迎面飛來，沒入開啟車窗的小縫，快要射到她臉上時卻硬生生停下。

它手柄處太粗，卡在縫口，銳利的刀鋒卻在她腦門不遠處，在陽光的照耀下閃亮刺眼。

離幾公分的距離而已。

貝雅瑜臉一下子刷的白了。那把刀上有個像火焰的紫色圖騰，和剛才那名男人頭頂的刺青如出一轍。

——得趕緊離開這裡。

貝雅瑜這念頭一生出來，渾身都不由得發顫起來，趕緊重新踩下油門駛開。那把刀子搖晃了幾下，往外滑下，她清楚地聽見清脆的鏘聲落在後面的柏油路面。

車身快速穿梭而過，其他的車輛都在窗外留下一道流影，後照鏡卻清楚分明的照出後面有台漆黑的車子同樣迅速的尾隨著。

她手心滲出了一層冷汗，膩滑的感覺險些握不住方向盤，看著持續上升的車速不斷的迫使自己需要冷靜。再快會出事情！

離學校已經不遠了，如果到了學校她下車，肯定會讓那人追上來，但一直開著車試圖甩掉也不是辦法——這人的開車技術比她好太多。

握著方向盤的關節已經有些泛白，她蒼白著臉，忽然看見擺在一旁的手機，腦海中的念頭被她迅速截斷——不能打給孟景涵，她不能再讓他牽扯這種事了。

思緒又運轉起來，離學校最近、又值得信賴的人——夏司宇！貝雅瑜急著按下通話鍵，眼眶都急紅了。

電話不久後就被接起。

她聽見自己的聲音在發顫，「好像有人想殺我。」心中卻著急了起來。何止是好像？

那端沉默了一會兒：「妳在哪裡？」

聽見這道熟悉的嗓音，貝雅瑜心中卻無法踏實：「快到校門口了，正開著車！」

車子已經拐過最後一個彎，學校就在不到三條街的距離。後面黑色的車子也跟著緩下速度，不緊不慢的跟在後面。

沒聽見夏司宇的回答，電話另一頭卻有東西撞倒的聲音，非常吵雜。

「到學校就下車。」他很快的這麼回答。

「不行！」貝雅瑜心跳都提到嗓子眼，堵得呼吸開始困難起來，「他會追上來的。」

夏司宇沒有回答，手機只傳來他均勻的喘息聲：「貝雅瑜，冷靜下來！孟景涵現在出去了！」

此時已經到學校。

貝雅瑜聽見「孟景涵」心中緊了下，沒有多想的時間，趕緊將車子停在路口，開門下車後才發現自己雙腿都軟了。她瞥見後面的那台車子就在不遠處快速的駛來！

連關門的時間都沒有，只能咬牙用盡全力的向著學校跑去。

此時她清楚的看見孟景涵的身影。

他就像清晨中盛開的第一縷陽光，闖進她的眼裡，美得幾乎令人屏息，在這明媚的盛夏中，頎長的身影邁著穩健的步伐奔來。

孟景涵心裡卻是緊繃到了極點。

貝雅瑜身後有台車直直駛來，用著極快的速度撞了上去！

他伸手用力將貝雅瑜拽了過來。

那車輛疾行而過，刮起很大的風。刺耳的煞車聲猛然響起，車窗被拉了下來，從裡面探出來的竟是把槍，對準貝雅瑜就是一射！

在這電光火石下，同一時間又是台車駛行而過，「碰」的一聲響，子彈正好清脆的打在車身上。

貝雅瑜蒙了，在這混亂中腦袋一片空白，緊扯著孟景涵的手臂被嚇得愣在原地。

擋下子彈的那台車的駕駛人也驚呆了，輪子在地上留下長長的一條煞車印子，迎面撞上了前面那台黑色的車子。

「碰」的又撞出震耳欲聾的聲響。還來不及回神，貝雅瑜被孟景涵扣住了手腕奔跑，那速度令她不停踉蹌，鞋已經不知所蹤，只能赤著腳奔跑著。

孟景涵忽然將她扯進一個小巷，壓著她到牆角，手覆上貝雅瑜的耳朵。

——轟隆隆！

爆炸聲響起，兩台車子炸飛起來，火舌沖天，無數細小的碎零件向著四周射去。

溫熱的大掌緊緊摀著她的耳朵，貝雅瑜仍然覺得耳膜被震得刺痛，抬眼一看，發現孟景涵眉頭緊緊皺著。

鬼使神差的，她將發顫的手抬起，輕輕的也摀住了他的雙耳。

感受到冰冷顫抖的手，孟景涵低眸看來。

那一瞬間，彷彿陷入了澈底的寧靜。

只見他的臉龐前，幾粒橘紅色的光點游移著，遮住了他眼中淡淡升起的情緒。

——為什麼你要過來？

貝雅瑜有些鼻酸，口中喃喃：「傻瓜。」

過了半晌，孟景涵俯身，在她耳邊道：「妳才是，想嚇誰？」要不是剛好和夏司宇在一起，他不知道後果會如何。

「以後出事，不許妳打給別人。」他的嗓音低沉，字字敲擊在心中：「第一個必須打給我。」

貝雅瑜沒有說話，只覺得心口被熨得火熱。

不知道過了多久，警車鳴笛聲自遠而近的傳來。

孟景涵握住她的雙手，輕輕向前一帶，貝雅瑜愣著傾身圈住他的腰，被摁著後腦入懷。

襯衫柔軟的質感摩挲過臉龐，透著一股淡雅而清爽的氣味。

孟景涵只看得到她凌亂的髮披散在腰間，他略微遲疑，緩緩的伸手順著她的髮絲，修長的手指顯得愈發白皙，一根根烏黑的秀髮與之纏繞著，輕而柔和，像在對待珍寶一樣小心翼翼。

貝雅瑜腦中還不斷的浮現出剛才驚險的畫面，此時忽然鼻尖一酸，眼淚潸潸的流了下來。

他凝視她一會兒，低首輕吻了下她的額頭。

動作輕得連自己都沒有察覺。

「你過來之前，難道沒想過會被盯上嗎？」貝雅瑜再也不忍，淚珠爬滿了雙頰：「這樣叫我怎麼可能……」放得下心。

孟景涵明白她的意思，輕輕笑了，眉梢嘴角盡染笑意：「別管這些，都是我願意的。」牽起她的手，低下頭看她，眸色深邃沉靜，認真且清晰道：「雅瑜，妳心中對我的好，並不是我要的。我希望的是和妳在一起，除了這個，沒有別的辦法令我感到滿意。」

原來他早看穿了她的心思。貝雅瑜說不出心中的感覺，簡直難受極了，有些哽咽地問：「確定不後悔？」

孟景涵正想說話，貝雅瑜忽然拉過他的衣領，他才一彎腰，只覺得唇瞬間一熱。她吻的有些急，雖咬疼了，他並不在意，將她摟更緊，反客為主的摁著她後腦讓這吻更加深入。

相較剛才的倉促，他更加溫柔的含住她下唇，試探性的輕咬。

貝雅瑜剛闔上眼，耳畔邊傳來警察的詢問聲：「先生，小姐，妳們還好嗎？」

她想轉頭，卻被他牢牢地扣住，動彈不得了。

♯

天空中沒有一絲白雲，湛藍而清澈的顏色中，驕陽似火籠罩著大地。

七月盛夏，微風格外熾熱灼人。

貝雅瑜一手扇著風，慵懶的微瞇起眼睛。

第八天了。

經過了上次的事件，校方通融她擁有兩週的帶薪假期。因為事情大到鬧到上了新聞，不少朋友都過來對她噓寒問暖的，怕她因此在心中留下陰影。

心懷餘悸是有，陰影倒還不至於，只是走在街上經常會覺得身後有人跟著，緊張的回頭一望，卻總是空無一人。

逃避似的持續待在家裡也不是長遠之計。

貝雅瑜今天還是到了學校，並不是像以前為了上課，而是單純的逛一逛這待了多年的校園。據警方所說，那事件有黑道牽扯，兩台車內的駕駛員都當場炸得死無全屍。貝雅瑜忽然感到一陣寒冷，趕緊不想了。

眼前一節節階梯朝上延伸，那頭被陽光照得滿地明晃晃的，好不刺眼。此時，一道歌聲從那處隱隱傳來。

一如既往的溫潤雅緻，不帶有一絲雜質。

那麼好聽的嗓音，貝雅瑜正想著要駐足傾聽，他卻已經收起最後一個音節，聲音被四周浮躁的蟬鳴遮掩。

過了一會兒，一道腳步聲傳來，規律、逐漸的逼近。

他就這麼走了下來。

微風輕柔的吹襲而過，石楠清艷的樹葉沙沙掉落，紛紛揚揚的似一場桃花雨下，在空中柔媚的綻放出美麗的絢爛芳華。

他卻是最徹底的奪目，擁有高挑秀雅的身姿、精緻無瑕的容顏，唇角淡笑，像是不染纖塵的謫仙，瞬間迷亂了人眼。

她恍然發覺第一次和孟景涵見面，也是同樣場景、他同樣的耀眼奪目、同樣的驚艷人心。

當時的他只是掃過一眼，便收回視線。

如今，他轉瞬淹沒了四周的紛紛擾擾。

貝雅瑜心念一動，有些吶吶的說：「景涵。」

他凝視著她，緩緩的將雙手伸出，嗓音一如既往的溫涼平靜：「過來，讓我抱一抱。」

貝雅瑜走到他身前，然後就被摟進溫暖的懷抱中。

原來他和自己全然不同。

貝雅瑜想，這幾天她總是待在家裡不肯出門，雖然不說，但心中還是很埋怨自己要無故承受這些驚人的事情。而當她這麼慌亂無措時，孟景涵仍舊保有一貫的姿態與作息，貝雅瑜看了頓時覺得自己的很沒有出息。

一道腳步聲忽然從身後傳來，之後便是孟惜晴的叫喚聲：「哥！」

貝雅瑜回頭一看，孟惜晴頭髮凌亂的披散在肩膀上，蒼白的面容上印著兩個深深的黑眼圈。

「瑜瑜？」孟惜晴剛開始有些疑惑，卻一下子笑了開來，「對不起，我都沒撥空去看看妳，但現在沒事真是太好了。」看到倆人親密的舉動，她倒是只驚訝了下，但很快的明白過來。

「看起來怎麼這麼憔悴？」貝雅瑜伸手捏了下她的消瘦的臉頰，鬱悶心情一掃而開，「沒有好好照顧自己？」猛然想起上次夏司宇的事情，頓時陷入沉默。

「前陣子生了場大病，其實……是哥不讓我去找妳。」孟惜晴說著語調一轉，扭頭問孟景涵，「哥，你等一下要去錄唱片對不對？瑜瑜也好久沒去了，可以一起嗎？」

貝雅瑜想起上一次聽他錄曲，那些場景皆精彩得彷彿歷歷在目，自己無疑是相當期待的。

當他們到了校門口時，貝雅瑜只看見一台小綿羊機車停靠在不遠處……

孟惜晴恍然「噢」了聲，朝著孟景涵雙手合十：「哥，你的車……我不小心撞壞了。」

孟景涵輕皺了下眉心。貝雅瑜卻沉默，又來了，孟惜晴的開車技術真的是……

孟惜晴趕緊補了一句：「別擔心，只是擦壞而已，我一早就送去修車廠了。」說著不由得有些緊張。她知道孟景涵一向排斥別人上他的車，但她仍是不知死活去踩底線。

「坐我的去吧。」貝雅瑜提議，下一刻接受到孟惜情感激的目光。

她拉開了車門請他們上去，孟景涵的聲音卻從一邊傳來：「我來開，妳休息。」

貝雅瑜聞言動作一頓。

第七章：一切主宰

此時天色已經逐漸暗淡，夕陽從遠方的山頭縷縷滲來，像是蒙了一層薄紗，縹緲淡雅，透著一絲涼意。

她側眸看了眼孟景涵。

他襯衫袖口捲到手肘處，骨節分明的手搭著方向盤，挺直的鼻樑在白皙的肌膚投著幾不可查的陰影，下方則是削薄輕抿的紅唇。

車窗拉下了一條小縫，熏風不時鑽進來，在被陽光照射成褐色的髮上柔軟的佛過。

明明是自己的車子，他這樣親自來開，貝雅瑜心中卻有些彆扭起來，很快的把目光投向窗外。

遺憾的是這次並沒能如願聽見他唱歌。

路上的中途，貝媽媽打了通電話過來。貝雅瑜將車窗搖下，微瞇起眼說話。

「過來醫院一趟。」貝媽媽命令道，「妳爸爸情況不太好。」

貝雅瑜想起上次離開時，他異常的模樣，不由得擔憂起來。

她和孟景涵說聲抱歉，把事情原委解釋清楚。他一如既往的平靜，說道：「好，先去醫院。」

「不會耽誤到你的工作嗎？」她問。

他「嗯」了聲回答：「沒關係。」

貝雅瑜沒有再說什麼，只是突然想起上一次孟惜晴和她說過，孟景涵對工作嚴謹。

過了許久，她挨過去在他頰上飛快親了一口。後面的孟惜晴看得差點沒叫出聲，趕快摀住嘴巴，曖昧的視線在兩人之間游移。

孟景涵也不開車了，直接摟過她，低頭吻下。

這吻雖然沒持續很久，可貝雅瑜整張臉都紅透了，胳膊卻被孟惜晴戳了下。她推推他。

孟惜晴笑意吟吟的說：「對不起，不是故意要打擾你們的，只是再這麼下去會造成交通堵塞。」

貝雅瑜恍若大夢初醒。原來他們直接停在路中央，後面一陣喧囂，喇叭聲此起彼落。

孟景涵也不慌，晶亮的眸光卻顯出那愉悅的心情，他慢悠悠地踩下油門，這才重新駛行起來。

#

到達以後，她下車快步走進醫院。

剛上樓到了病房門前，又是一股熟悉的消毒水味道，此時她聽見裘媽媽柔和的講話聲音，不由得眉頭一皺。她怎麼會在這裡？

輕敲了敲門，很快的傳來貝爸爸的叫喚：「進來。」

裡面的情景有些古怪。

裘媽媽溫和端莊的靜坐在旁邊，貝爸爸則是躺在病床上，面色蒼白，印堂發黑，雙頰比以前又凹陷更多。

貝雅瑜呼吸一滯：「怎麼搞的？」

「我、我沒事！」他掙扎著爬了起來，一手撐著床鋪說道，「裘阿姨已經在這裡待累了，妳趕快送人家回去。」

貝雅瑜才剛到卻被這樣趕走，心中難免有些不舒適。她朝著裘媽媽微微頷首：「請妳等一下，我和我爸爸說幾句話。」

裘媽媽抿著紅唇一笑，仍是那溫婉賢淑的樣子：「你們父女慢慢聊，我就在外面。」

她離開以後，病房內陷入了徹底的寧靜。

貝爸爸深深看了她一眼，正要說話，卻被貝雅瑜的聲音搶先：「你和裘媽媽交情很深嗎？這就是你要我嫁給裘冠博的原因？」

和他分手的事情是裘媽媽無意間透露的，然而現在貝雅瑜又親眼目睹裘媽媽過來探病，不由得懷疑起來。

貝爸爸身軀明顯的僵硬了下，過了良久，承認：「……是老朋友了，很久以前就認識。她一直都是個好太太，兒子當然不會多差。」

貝雅瑜怒氣一下子升騰起來。不會多差？語氣不由得咄咄逼人起來：「你根本不了解他。」

「老一輩的看人不會錯。現在裘冠博雖然花心了點，但以後成長了，一定會更有責任心。」

貝爸爸也不甘示弱，兩條粗眉皺了起來，「不然妳帶個更優秀的來給我見識見識，否則其餘一切免談！」

裘冠博算是有錢又有皮相，提起「優秀」兩字自然是知道很難找到比他條件更好的，才故意刁難。而且以貝爸爸這種脾氣，心裡既然已經打算讓裘冠博當女婿，就算把世上最好的人選擺到面前，他照樣覺得不合格。

貝雅瑜突然想起了孟景涵，目光移向窗外。樓下的車子穩穩的停靠在路邊，裡面隱隱約約只看得見一抹人影，而裘媽媽正巧從醫院走出去，朝著車身逼近。

貝雅瑜暗呼糟糕，裘媽媽竟然自己下去，想在車邊等她。

此時裘媽媽低頭，看見車內有人，驚訝得掩嘴。

孟景涵還靜坐在裡頭。

貝雅瑜急急看了眼貝爸爸，就快步出了病房下樓。

剛出了醫院門口，她正好聽見裘媽媽碎語道：「這麼快就交新男朋友，沒想到貝雅瑜這麼隨便。」

貝雅瑜登時愣住了。

裘媽媽回身看見她，一臉不屑：「難怪冠博不肯和妳在一起，算我以前看走眼了。」

語畢，她氣得攏了攏頭髮便揚長而去，不想多談。

#

心情非常糟糕。

貝雅瑜一路上都沒有說話，靜坐在一旁，車內氣氛沉悶。

她剛才安慰著自己，如果裘媽媽就此死心了，那麼可能以後不會再來找貝爸爸談話，久而久之貝爸爸也會澈底死心。

可今天跟貝爸爸的一番談話，其實也稱不上是愉快，他畢竟重病在身，她這麼和他計較，總覺得是自己不對。

「別難過。」孟惜晴從後座的位子探頭過來，「剛剛那個什麼裘媽媽的，有其母必有其子啦，妳別放在心上，況且現在有我哥……呵呵，還有我這麼貼心的棉襖。」

「我沒事。」貝雅瑜回答，「他們這種人不值得我去在意。」

孟景涵只不著痕跡的掃她一眼。

車子一路開的很穩，然而到達的時候已經有些晚了，天邊澈底昏暗下來。

貝雅瑜心不在焉的下車，然而才沒走了幾步，回頭就撞見孟景涵的目光。

他眸中晦暗不明，令人而看不清楚思緒，一開口，竟然問：「今天想聽什麼？」

貝雅瑜一愣，突然被這麼問還真想不出來，便反問：「你會唱哪些歌？」

「妳想聽的，我都唱。」

只要想聽的，我都唱給妳。

貝雅瑜被他的一句話說得臉有些紅：「我再想想。」

他們並肩走著，路燈把影子拉得老長。

孟惜晴在倆人身後聽見了對話，心中替他們開心，趕緊低頭努力降低自己的存在感，雖然需要迴避……又捨不得白白錯過八卦，於是厚著臉皮跟在後面了。

上樓以後，貝雅瑜便看見上次的邋遢宅男封子奕，他待在錄音室門口，搬了椅子翹腳坐著，手上拿著一包洋芋片緩慢的啃食。

他抱怨：「怎麼這麼久？我下班時間都快到了。」

「那就回去。」孟景涵走進門，正眼也沒掃他一眼。

封子奕摸了摸鼻子，乖乖的尾隨進去，哪裡敢惹他？況且自己也曾遲到過幾次，孟景涵都沒生氣的。

♯

音樂這種東西真的非常奇妙。

封子奕手腳麻利的開啟所有的設備，靜候孟景涵的指示，已見他戴起耳機，朝封子奕微頷首。

這首歌的前奏，琴聲與大提琴相互交織在一起，明明是不顯悲傷的調子，莫名的讓貝雅瑜感到有些難受。

隔著一層玻璃，他身姿高挑清離，精緻的側臉如刀削般分明，挺直鼻樑下的唇輕啟，是道低沉溫潤的嗓音傾瀉而出。

這是首小調歌曲，很溫柔，卻空靈哀傷。

身後響起孟惜晴的聲音：「這是我哥自己寫的歌，聽起來怎麼樣？」

聽起來怎麼樣？

娓娓的歌詞似誰的綿言細語，渲染眼前無限光彩，美得令人屏息。

然而韻致雖淡雅，可意態卻寂寞蕭然。

能這麼看著他，真的是人生難忘的經驗。他出手幫她多次，為人雅人深致，能夠在一旁靜靜的欣賞，靜靜的抒發，神奇得讓人有股難以言喻的滿足。

這次的錄音很成功，一次就完工。封子奕想到可以下班了，心情極好的向著孟惜晴豎起了大拇指。

在他還在善後的時候，孟惜晴興致高昂的走過去和封子奕聊天。

貝雅瑜卻只覺得那餘音未散，心中還有些悸動。孟景涵已經將耳機摘下，一手推開門，另一手則插在口袋中款步走來。

姿態舒緩慵懶，格外的賞心悅目。

只要和他在一起，世上的那些挫折與糾葛好像瞬間被吞沒，剩得連一點兒也沒有了，他總有一股令人側目的氣質，吸引周遭的焦點停放。

貝雅瑜想起剛才的那首歌曲，雖然顯得苦澀，聽完了卻異常的身心舒暢，連她原本很差的心情豁然開朗了起來，不禁稱讚：「這首歌非常好聽。」

「謝謝。」孟景涵也淺淺的勾起唇角，語氣有些漫不經心的意味，「就是要妳喜歡。」

她笑了，有點跟不上他的思路。

「剛才在哄妳。」那熟悉的嗓音再次傳來，孟景涵順手將音響按鈕關起，淡笑著看來。

一種模稜兩可的坦白。

她心中一暖，貝雅瑜沉默了片刻，心中怦怦直跳了起來，嘟囔道：「幹嘛……」

有些發軟的聲音，聽起來格外像撒嬌。

他走來在她肩上披了件外套，自然的摟住她的腰，招呼道：「走了。」

孟惜晴「哎」了聲小跑了過來，忽然詫異的問：「嫂子，妳的臉好紅啊，是不是發燒了？」

貝雅瑜聞言瞪她一眼。

嫂子、嫂子、嫂子……這稱呼迴盪在腦海中，她不禁感到一絲窘迫。

靜靜的和孟景涵並肩走著，忽然想起他許多時候的模樣。

比如剛見面時的冷硬肅然、比如在家中格外的慵懶隨意、比如他骨子裡其實是名溫潤如玉的男人，有著誰都無法披靡的善良與溫柔……

這麼優秀又潔身自愛的他，無疑令不少女生蜂擁而至。而有這樣的另一伴，她還有什麼好挑剔的？

有股異樣逐漸蔓延開來，這種感覺讓貝雅瑜困擾起來，在有個疑問在心中徘徊——更優秀的女人比比皆是，為什麼是選擇她？

如果有人問她相同的問題，她的回答其實很簡單。

孟景涵對她來說，正逐漸成為不可或缺的存在。

一開始，她只是被孟景涵的歌聲吸引，之後在他多次幫助下，她下意識的對他產生依賴。

然後不知哪時候起，目光不由自主地追隨著他的身影，他只要哪天沒再出現在校園內，貝雅瑜就會產生許多疑慮。

比如說：他是不是生病了、出事了？他會不會就這樣，慢慢脫離她的生活圈呢？

就這麼對他起了好奇心，試圖透過各個地方去了解孟景涵，直到看見完全的他之前，她的目光，早就無法從他身上移開了。

而孟景涵，你又是從何時起，決定以溫柔待我？

♯

隔日是星期六，將近黃昏的時候，貝雅瑜去了趟超市。

一路上左邊的大馬路上，有無數的車子疾駛而過，急促又低沉的引擎聲此起彼伏，人行道上卻空無一人，她的影子獨自被夕陽拉得老長。

想起不久前的種種事故，毛骨悚然的感覺逐漸滋養起來，貝雅瑜一蹙眉，加快了腳步進了超市。

空調的涼意輕輕籠罩了過來，看見裡面稀疏的人影，她才鬆了一口氣。

自從上次黑道摻和的暗殺事件後，她一人走在路上總會心有餘悸，覺得有人跟蹤。

警方已經查案許久了，直到現在卻依然沒有半點頭緒。她沒有得罪任何黑道人物，為什麼總會遇上這種事情？

她出神，手中的物品沒拿穩，一滑便是「哐」聲掉到地上了。

剛才那種感覺果然很糟糕。

貝雅瑜來不及撿起來，目光先被角落的人給深深吸引——夏司宇。

他坐在用餐區的高椅凳上，雙眼微瞇，下巴長出了少許青色的鬍渣，手中夾著一根煙，正有一下沒一下的安靜抽著，白煙裊裊的向上升起。上面明亮的燈管照射在他挺直的鼻梁上，臉色稍顯憔悴。

貝雅瑜從來沒有看過他這個樣子，也從來沒想過那麼隨和的他，也會如此消沉的抽煙。

此時，一名男店員走了過去，語氣不太和善：「先生，這裡不能抽煙，要抽請你出去。」

夏司宇側目掃了過去，那目光凌厲無比，讓人心尖不由得一顫。

店員渾身一抖，卻不開心了，再次強調：「這裡是密閉空間，不可以抽煙。」說完指了指牆上的告示牌，滿臉不悅。

夏司宇淺淺一笑，抖了抖煙將目光移開。

店員一下子惱火起來：「你這人怎麼不講理——我要叫警察來了！」語畢，氣呼呼的跺腳離開，一邊掏出手機來。

還沒打通，眼前忽然一花。

夏司宇忽然伸手一揮，那速度快到只剩下一道殘影，俐落又乾脆。只聽「啪」的一聲，手機一下子被拋得高高的，留下一道漂亮的圓弧線，落下時，他又順手接住。

男店員嚇得愣了，過了一會兒才回神，蹲下來摀著發疼的手指尖叫。

貝雅瑜瞪大眼，簡直不敢相信自己所看見的。

而且……那幽冷的陌生目光是怎麼回事？

急促的腳步聲霍然傳來，幾名穿著超市紅色制服的人跑了過來，將夏司宇圍了起來，他們神色看起來都相當緊張。

「先生，你怎麼可以出手打人？」一名漂亮的女職員首先發話，踩著一雙高跟鞋走到夏司宇身前，「沒看見告示牌上的字嗎？」

她和他靠得很近，貝雅瑜才剛覺得這距離不太對勁，女職員卻冷冷一笑，從懷裡拿出一把匕首朝著夏司宇胸口用力刺去！

電光火石下，夏司宇側身閃過那布滿殺氣的匕首，嘴邊揚起輕蔑的弧度，單手將她兩手反剪在背後，之後緊緊扼住她的脖子，動作流暢，卻是做著如此驚人的舉動。

骨節分明的手指屈成弧度，越掐越深，女職員已經雙腳離地，直翻白眼時，夏司宇的手倏然一鬆，她「碰」聲軟倒在地上。

「轉告一件事。」夏司宇伸手攏了攏衣領，「告訴裘冠博，如果再不自量力，我不介意動用全幫的兄弟來解決他。」

女職員還在地上喘息咳嗽著，纖弱的手摀著脖子，本來脹紅的臉瞬間毫無血色。

貝雅瑜聽見「裘冠博」三個字詫異得不敢出聲，覺得事情不太對勁，藏身到貨物架的後方傾聽。

裘冠博的事情她只對夏司宇稍微提過幾次，完全沒有講的很深，但他今天為何會和超市女職員提起？

她從商品中間的隙縫裡望了過去，只見夏司宇身姿筆挺的佇立在那處，是他本人絕對不會錯。

貝雅瑜只覺得一股寒意從腳底攀升，耳邊不斷的嗡嗡作響——他腳邊的那把匕首上，有著一個紫色的詭異圖騰。

腦中忽然闖進很多資訊：那天跟蹤她的男子，頭頂上也有著同樣的刺青，而之後朝著車窗飛來的小刀上，也印著同樣的紫色圖騰。

貝雅瑜手心滲出了一層薄汗。

女職員狼狽的跪坐在地，胸口處的衣衫鈕扣鬆了幾個，裡面白皙的肌膚上也印著像火焰一樣的刺青。

幫派。

這是她唯一能夠想到的詞。

貝雅瑜不敢再待在原地，踉蹌著腳步回去，那超商響亮的「叮咚」聲讓她渾身都在發顫，深怕被發現，頭也不回的到家中。

身後已經逐漸傳來了警車的嗚笛聲，模糊得恍如隔世。

這一切實在都太離奇了。

#

帶薪假期在這一片混亂中正式宣告結束。

隔天早上，貝雅瑜惴惴不安的出門去上班，今天陽光明媚刺眼，有些太過灼熱，四周不斷的傳來麻雀急躁的叫聲。

車內潮濕又悶熱，儘管如此，貝雅瑜仍是沒有把窗戶拉下來。

平安的到達學校以後，她一如既往的在辦公室撞見了夏司宇。他昨天似乎並沒有被警察帶到警局審案，現在膚色白皙，下巴乾淨沒有昨日的青色鬍渣，良好的氣色讓他顯得愈發清俊好看。

聽見了動靜，他揚了揚唇角：「早。」

「早安。」貝雅瑜將桌上的書本抱起，動作有些僵硬。

到底要不要問清楚？她苦思了一會兒，回神時，他已經離開，辦公桌旁的椅上空無一人。

她低身去翻了夏司宇桌上散布的紙，一張接著一張都是有關學校公務的資料，並沒有任何可疑之處。

忽然「刷」的一聲門被拉開了，貝雅瑜心臟一跳，手忙腳亂的把東西放回桌上。

是孟惜晴站在那兒。她看見貝雅瑜的舉動，臉色微變：「瑜瑜……妳在做什麼？」

「妳嚇到我了。」貝雅瑜微微一笑，安靜的收拾起桌面。

「……噢，我以為妳在翻他的東西。」想想也對。孟惜晴鬆了一口氣，貝雅瑜和夏司宇畢竟是工作夥伴，互相留些校務的資料是正常的。

貝雅瑜漸漸鎮定下來，走到她面前問：「今天怎麼想到要過來？」說著輕捏了下她的臉頰。

孟惜晴軟軟的「唔」了一聲，口齒不清道：「想妳就來了唄！」

貝雅瑜被逗笑了。

之後因為還有課要上，所以沒聊上幾句話又馬上離開。

貝雅瑜並沒發現，孟惜晴看著夏司宇的辦公桌，若有所思。

♯

下班的時候，夕陽籠罩得大地添了幾分柔和的寂靜，橘黃色的雲朵一圈圈似煙霞一般，縷縷蔓延拉長。

貝雅瑜拎著包出校門口時，卻看見陳弘睿縮在旁邊僻靜花園的小角落，雙手抱膝，看起來很無助。

她皺了皺眉問：「你怎麼了？」

「老師！」陳弘睿馬上抬起了頭，眼神裡染上了一股濃烈的喜悅：「請妳幫幫我吧，那要我吸毒的人又回來找我了！」

吸毒？貝雅瑜想起差點害陳弘睿走上不歸路的人，心神一凜：「他在哪裡？」

「在對街上，長得很高，已經站在那裡很久了。」陳弘睿趕緊回答，伸出手指比劃了下。

貝雅瑜循著望過去，心中一個咯噔。

竟然是他。

裘冠博正站在對面的街上，一手吊兒啷噹的插在口袋裡，桃花眼睛微微瞇起，唇角弧度似笑非笑。

綠燈了。

他邁起步伐走來。

那每一步都顯得那麼的漫長到令人窒息，沉靜到氣氛毛骨悚然起來。

柔軟、噁心又玩味。

——「替我轉告裘冠博，如果再不自量力，我不介意親手解決他。」夏司宇的嗓音從記憶中翻騰出來。

隨著距離逼近，裘冠博俊臉上詭異的微笑逐漸擴大，澈底扭曲了整張臉。

沒看過這樣的他。

貝雅瑜渾身都在發顫，腳像被釘在原地了一樣，移動不了半分。她迫使自己恢復神智，便拉起陳弘睿的手腕拔腿急奔了起來。

學校的路她非常熟悉，但此時映在眼簾中都顯得陌生又古怪。陳弘睿粗喘著氣，神色很緊張：「老師，我們現在怎麼辦？」

「確定他就是慫恿你吸毒的人？」貝雅瑜還有些不可置信，但隱約間覺得有什麼真相呼之欲出，像瘋狂的藤蔓桎梏住了身軀，腳步有些凝滯。

「確定，非常確定！」陳弘睿跑得滿臉通紅。

他們踩著樓梯朝上直奔，忽然噠噠噠的腳步聲從上方傳來，幾個陌生人擋住了道路。

終於碰見校內有人，陳弘睿馬上大喊：「幫忙報警啊，我遇上危險了！」

貝雅瑜低斥了聲，拽著他往反方向跑，卻發現有下方也圍了幾個人。

樓梯口兩側都被堵死了。

他們站在樓梯中間，一時之間再也沒有逃脫的辦法。

陳弘睿看來人面色不善，嚇得魂飛魄散，僵在原地一動也不敢動。貝雅瑜顯得比他鎮靜多了，但其實手心早已捏出一層冷汗。

他們圍住兩端的人一定是裘冠博的同黨，貝雅瑜知道他不久後就會過來了，一直待在這裡也不是辦法，必須想著該如何解決。

孟景涵，他的名字又再次浮現在腦海中。每次遇劫，他總像生命中微一的曙光照進，引導她走出重重危險。

可是這次已經晚了。

裘冠博很快就到達，一雙眼睛銳利，正徐徐的從不遠處走來。

「貝雅瑜，真是好久不見啊。」他盯著她看。

不再是像以前那樣稱呼她「小瑜」，他這次用了全名。

貝雅瑜緊抿著唇不肯接話。

裘冠博見狀不怒反笑，雙手還胸的倚著身後的牆，語氣慵懶隨意：「最近給的驚喜，妳喜不喜歡？」

最近？貝雅瑜想起了那次暗殺、跟蹤，以及夏司宇的異狀，不由得冷冷一笑：「最近？你慫恿我的學生吸毒已經是一年前的事情了。」

他「唔」了聲，笑說：「還有搶劫犯，忘了嗎？」尾音上揚，讓這疑問句顯得愈發詭異。

「你到底……」

裘冠博將食指抵在唇邊，比了個噤聲的手勢，雙眼微瞇，「安靜。」

陳弘睿一直不停的瑟瑟發抖著，唇色病態的蒼白，滿臉的不可置信：「你、你這惡魔，之前都給你那麼多錢了，為什麼還回來找我？」

裘冠博這才淡掃他一眼。

一個手槍上膛的嗑啦聲，一名男子對準了陳弘睿的後腦就連射了兩槍。

震耳欲聾，響徹雲霄。

陳弘睿渾身抽蓄兩下，向後摔去，那單薄的身軀發出沉悶的聲音，一會兒那鮮血從後腦處緩緩流了出來，染濕了裘冠博的鞋底。

裘冠博看著礙眼，一腳踢過去，陳弘睿身體便滾下樓梯。

貝雅瑜呼吸一滯，也想要衝下去，後方卻又是上膛聲制止了她的舉動。

乾淨俐落，顯然裘冠博常做這種事情。

「我以前曾問過妳怕不怕死。」裘冠博噙著笑問，「妳說只怕漫長的痛，是吧？」

♯

貝雅瑜被囚禁在一間屋子裡。

四周一片漆黑，高高的小窗口上架著已經生鏽的鐵欄杆，外面稀疏的陽光透了進來，顯得無比的空洞冰冷。

鐵鍊桎梏住她的四肢，貝雅瑜待在角落的地上，渾身都是潮濕的霉味，雙腳雙手發涼，一點兒掙扎的餘力都沒有。

此時，厚重的門被推了開來。

裘冠博從那裡緩步走來，手上拿把小刀，正動作輕巧的在指間把玩著。

貝雅瑜心底發冷，只見他一步接一步的逼近，她不由得向後退，鎖鏈在地上摩擦出鏘鏘的聲音，直到背脊碰到了堅硬的牆壁，再也退不了半分。

「噢。」裘冠博心情愉悅的說，「比起原本那高高在上的嘴臉，我更喜歡這樣。」

見她不肯答話，裘冠博蹲下身平視，刀鋒刮過她的胳膊，肌膚上馬上滲出了一串血珠。

貝雅瑜咬緊了下唇，忍住那股痛意。

聽見他舒緩的輕嘆，又說：「妳其實也滿可憐的。」

頸旁一陣冰涼，那把刀劃出一條條觸目驚心的傷痕，這樣持續了許久，已經交橫斑駁。

「要殺妳的人不是我。」他將刀移開，笑了，只是那笑意不達眼底，「脖子容易出事，咱們換個地方？」

貝雅瑜只覺得血液都在往外淌，跟著生命一點一滴的流逝，渾身都火辣辣的痛到腦袋都混沌起來。

她無法思考任何事。在這之前，她已經試圖逃跑，但手銬和腳銬都一點鬆動的跡象都沒有。直到現在，雙眼已經看不太清楚了，裘冠博在她身上隨意的刺著，有些淺有些深，但都不碰要害部位。之後他似乎有點失了興致，便扔了刀走了。

是故意讓她受苦，所以只給皮肉上的痛。

但到底又是什麼讓他這麼贈恨自己？

貝雅瑜早已筋疲力盡，太陽穴突突的直跳，雙眼沉重一闔，再也不想思考了。

她躺在地上，滿地都是自己密密麻麻的血跡。

#

——在醫院裡。

「患者，您的來信。」護士小姐推了推床上的貝爸爸。

貝爸爸病懨懨的睜開眼，伸手接過，當他看見信上的署名時，一張臉頓時蒼白一片。

「你的女兒我就收下了。」那字跡歪歪扭扭的，信封袋裡還裝著一束沾著血的髮絲。

貝爸爸雙手一抖，眼淚奪眶而出：「不——」

「患者？患者！」

他「碰」的一聲從床上摔到地上，護士被他嚇了一大跳，差點哭了出來，大嚷：「叫醫生！」

貝爸爸雙目布滿血絲，兩手用力抓住自己的頭髮。

同一時間，嘉亞國中很快的宣布了停止上班上課。

路人看見封鎖線上寫的「刑案現場禁止進入」，再也不敢多看一眼，皆行色匆匆的離開。

四周警車密密麻麻的停靠，齊齊的散發著紅藍交替的光芒，相當刺眼。

孟惜晴呆愣的看著，過了一會兒攔下一名警員，問：「請問有找到貝雅瑜了嗎？」

警員摘下帽子：「我們會盡快找到。」

「學生都被殺了，她很可能會受到傷害！」孟惜晴焦躁起來。

「小姐。」警員皺眉，語氣也不怎麼客氣，「這沒那麼好處理，況且貝雅瑜只是暫時失去聯繫，不能判定是否被綁架，再等等說不定就回來了。」

遠方傳來一聲吆喝，這警員趕緊戴上帽子，小跑步著離開了。

——貝雅瑜消失了，生死未卜。

孟惜晴愈想愈是難過，眼睛一紅，眼淚便潸潸的掉了下來。

當她無功而返的回家，赤腳踩在客廳冰涼的磁磚上，覺得遍體都是涼意在攀升，昏暗的燈光裡，她看見一抹清瘦的身影在不遠處。

是孟景涵靜靜的站著。

「哥——」孟惜晴用力推了下他的肩，「問過警察了，還是沒能找到她。」說著鼻子一酸，

他抬頭目光掃來，視線很銳利。孟惜晴嚇了一大跳，不禁退了幾步，摀著臉又哭。

「你不是什麼都辦得到嗎？她可能……她很可能已經……」

孟景涵不知道聽了她多久的哭聲。

一直哭，一直都在哭，直到受不住疲憊睡著了，她白皙的雙頰上還刻著兩行明顯的淚痕。

她在無理取鬧，但不明白，比起自己，還有人更加心痛。

♯

貝雅瑜闔著雙眼，傷口像有火在灼燒，痛得撕心裂肺。

這樣漫無目的的日子好像無限循環著，她只能一天接著一天咬牙撐過，別無他法。

今天的裘冠博身後跟著一個女人，正是裘媽媽，她清脆的高跟鞋聲在室內迴盪著，顯得那麼空洞冰涼。

貝雅瑜自然不會天真到以為她是來解救自己的。

裘媽媽一如既往的成熟美麗，時光絲毫沒在她臉上留下痕跡，一雙丹鳳眼的眸子晶亮得駭人。

她笑意溫婉的問道：「妳現在感覺如何？」好像真的在關心她一樣。

貝雅瑜抬眼看她，剛想張唇，一股腥味卻湧上喉嚨，難受得令她作嘔。

「好像不太好。」裘媽媽自顧自的替她回答了，伸出那纖長的手，輕拍了下貝雅瑜的臉，「但我心情好就好了，這世上有誰會在意妳呢？」

誰會在意妳呢？

這句話重重打在心頭。

貝爸爸和貝媽媽？

眼淚模糊了視線，貝媽媽向來不關心她，一直以來和她最親近的也只有貝爸爸，不知道他會不會替她擔憂難過。

「別怕，等一下就讓妳解脫。」裘媽媽說。

裘冠博訕笑聲從一邊傳來，他拿出一瓶酒遞給裘媽媽。

裘媽媽含笑接過，對他說：「血腥的畫面我還是看不習慣，你來動手吧。」之後舉高酒瓶，從貝雅瑜頭上澆去，濕搭搭的流了下來，直到淋得渾身溼透才停止。裘媽媽將酒瓶扔在一旁，朝著門口離開。

傷口處燒灼般得痛感從四肢百骸傳來，貝雅瑜呼吸逐漸困難起來，渾身都透出一層冷汗，險些昏暈了過去。

清脆的腳步聲逐漸走遠，直到完全聽不見時，她模模糊糊地看見裘冠博從懷中掏出一把槍來。

貝雅瑜以為他會將她凌虐致死。

「看在妳陪我玩過一陣子的份上，今天給妳一個痛快。」裘冠博看懂了她眼中的意思，語氣輕快的道：「怎麼樣，夠慈悲吧？其實妳應該要承受更大的懲罰，但我捨不得。」

貝雅瑜卻澈底絕望，一直不明白為何他要這麼對待自己。她有些愣神的回想，很久很久以前起，當他們都還年幼，她傾心於一名三年級的學長，導致裘冠博起了征服的慾望，努力不懈的追求著她。

明明才十幾歲的小夥子，卻學會高調的在她桌上留下玫瑰。她自然對他一點兒興趣也沒有，但貝爸爸從老師那耳聞到這件事情，並沒有生氣的指責，反而和顏悅色的要求貝雅瑜接受表白。

耳邊忽然傳來裘冠博以前說的話：「妳父親澈底惹怒我了——」

父親？

看到她痛苦的樣子，裘冠博顯然很愉悅，「妳知道妳死後，屍體會被送到哪裡嗎？」

貝雅瑜咬緊了乾裂的下唇，雙眸直盯著他。

「我會把妳的手指、肉體、皮膚、骨頭全部分開保存。」裘冠博瞇起眼睛，「然後再分批送給妳爸爸當死前禮物。」

貝雅瑜心中巨震，雙腿一下子軟了。

「沒有人告訴過妳吧？」裘冠博將槍上膛，輕抵在她太陽穴上，冰涼的感覺從那邊傳來，又聽他咬牙切齒說，「妳爸爸是個性侵犯。」

性侵犯，多麼難聽的字眼。

但事實的確如此，貝爸爸曾經名令人作嘔的性侵犯，只是沒有人知道罷了。

當他還年少，長年都是從事海外貿易，算有個不錯的事業，才二十出頭就娶了溫婉漂亮的太太，但總說自己需要加班而無法早歸。

其實他深夜不是去夜店、就是到旅館約砲。有時候乾脆整整一個禮拜才回家一次，也不怎麼願意帶錢養家。他的太太為了貝雅瑜，天天出門在外打拼，努力的想要撫養她到長大。

貝爸爸以為這樣的日子會一直循環下去，只是在貝雅瑜八歲的那年，太太去世了。

真麻煩，這麼一來貝雅瑜沒人帶，他不就得自己來？這是貝爸爸聽到她死訊後第一個念頭。

這次他同樣喝得爛醉如泥，卻沒有找到漂亮的女人可以解決慾望，只好獨自在街頭閒逛。

正感到百般無聊，此時他雙眼一亮，看見便利商店內走出一妙玲女子，裡面明亮的燈光照得她膚色白皙如玉，眉目清秀，心中頓時起了不軌之心。

深夜混沌。

他把她拖進小巷子裡，無視劇烈的抵抗，她崩潰般的「救命」最後都喊到啞了嗓子，最後只能空洞著雙眼任他擺佈。

那女子正是裘媽媽。

她當時是名即將成婚的女人，處子之身被這麼不明不白的奪走，只覺得滿心都被傷得千瘡百孔，再也沒有一絲生活下去的意義。

在寧靜的夜裡，貝爸爸糜爛的腳步聲漸行漸遠，只剩她歇斯底里的哭聲迴盪在小巷中。

之後，貝爸爸娶了新太太，也就是現在的貝媽媽。

之後，裘媽媽找上家門，笑說要和貝爸爸談談。當夜她笑得溫婉得體，還細心倒茶添酒。貝爸爸一開始還深怕她是來尋仇的，之後漸漸卸下心防，想：也對，裘媽媽的婚事取消了，大概沒有人願意娶她這種不守貞的女人，說不定她現在正打算討好他，把貝媽媽的位子扯下來好讓自己上位？

然而，隔日的貝爸爸卻忽然重病纏身，大家以為是他只是有隱性病症一夕之間發作，但只有他明白，是她給他下了毒。

他的身體日漸虛弱，心中不由得開始緊張起來：要是再惡化下去，恐怕真的會病死。

幾年後的貝爸爸奄奄一息的躺在潔白的病床上，一旁的電話忽然響起。是貝雅瑜的班導打來的，說貝雅瑜和班上有個叫裘冠博的同學糾纏不清，有即將交往的趨勢。

那愧疚害怕的心，逐漸轉移到她身上。如果裘冠博真心喜歡她，那麼在一起又何妨？

若是如此，裘媽媽必定也會順勢放過自己的……

這個念頭彷彿生命唯一的曙光，貝爸爸揪緊了白床單，笑瞇一雙空洞的眼睛。

♯

四周寂寥得可怕，忽然手機的鈴鈴聲傳來。

裘冠博從懷中掏出手機，語氣很差：「怎麼了？」

過了半晌，裘冠博放下手槍，煩躁的從口袋裡拿出根煙點燃。

貝雅瑜咬緊了乾裂的唇，手指泛涼，耳邊傳來他的大吼：「該死！」她被嚇得渾身一顫。

裘冠博臉色很難看，匆匆的邁開步伐走了出去。

貝雅瑜卻並沒有感到任何的喜悅。她現在不死，以後的日子不知道又會怎麼煎熬度過。好些是餓死，糟些則是被繼續凌虐。想到這裡，她掙扎著爬起，手鐐腳鐐在地上發出沉重的刷刷聲。

外面已經下起了雨，淅淅瀝瀝的穿過鐵欄杆，在地上渠成了一條蜿蜒的水跡。

「嘶——」手鐐在手腕上掀下一片皮肉，貝雅瑜痛得難忍，滿心都是憋屈與氣憤。

第八章：突破重圍

同一時間，裘冠博臉色陰沉的疾走，眼前的倉庫已經燃起了熊熊大火，熱氣迎面逼來。

「老大！」一旁的手下臉色忽青忽白，手上握著通訊機渾身哆嗦，「B營外圍被入侵了！」

另一人從前方跑了過來，「冰毒廠也被入侵了！」

「閉嘴！」裘冠博氣得怒罵，「把那群廢物叫過來，現在守已經來不及！」

幾個人影影綽綽的人不斷急促的奔跑，雨下得愈來愈大，凌亂的步伐踩在泥巴上，顯得非常狼狽。

貝雅瑜以為自己會一直被關在室內，但此時卻幾個男人把她手鐐腳鐐拆下，急急忙忙的架起出去。

他們動作粗暴的把她塞到大卡車內，關上鐵門，之後便是喀噠的落鎖聲。

車身很快的動了起來，匆匆向前駛開。

貝雅瑜旁邊擺滿了大包大包的白布袋，上面被蓋上一層黑塑膠袋。那些布袋被封很緊，她蹙起眉覺得古怪，忍著身上的痛意，爬過去使力扯開。

裡面都是白色的粉末。

許多疑雲瞬間佔滿了腦海——為什麼會有毒品？裘冠博加入黑道幫派、並且私販禁品？他這麼做的意義是什麼？

#

這幾日她沒有再被凌虐，裘冠博的身影遲遲沒有出現，只偶爾會有人開門扔給她一兩塊已經乾掉的麵包。

因為已經許久沒有東西入腹，平常一眼也不多看的食物，此時卻異常的可口。

貝雅瑜身上的傷口已經漸漸結痂，都是斑駁的痕跡，拉扯到還是撕心裂肺的痛楚。她盡可能的不活動，大部分時間都枕在袋子上昏睡著。

她想，自己已經在這車上過了差不多一週？

她不知道自己會被載去哪裡，只知道若不趕快逃脫，恐怕就再也沒有更好的機會了。

貝雅瑜再也不想遇見裘冠博。

那門外的鎖非常堅固，貝雅瑜試過幾次都沒能打開，現在唯一的希望只有一個，當然，這也是最高風險的方法——硬碰硬。

陸續過來送飯的人有三個男人，他們輪流駕車，經常會在外面大聲吆喝。她現在逃跑，必須要先過這一關，風險非常的高，但如果現在不離開，送到他們營地後，要面對的可能是十幾人、也可能是一百多人。所以這已經是最好的時機。

「鏘」的一聲，大門被打了開來。那魁梧的男人走了進來，把手上的麵包扔在地上，動作像在餵狗一般。

貝雅瑜和平日表現一樣，奄奄一息的躺在角落。

男子正要離開，頭頂一大袋的白粉猛然灑了下來。

「該死——」他雙手用力揮舞起來。

貝雅瑜趕緊站起來朝外奔跑，男子見狀雙眼怒瞪，牢牢的擋在門口。因為男女的力氣懸殊，貝雅瑜當然不會笨到迎面撞上，又拾起一把粉朝他臉上灑去，來不及看有沒有成功，她鑽了旁邊的空隙出去！

入眼的是一片荒蕪之地，還帶有一股清新的空氣，是她很久沒有聞到的味道。

「她跑走了！」身後傳來男子大吼聲。

貝雅瑜嚇得心臟一跳，拔腿就跑。

跑！逃出這裡，再也不要回去了！

這個念頭在腦海中盤旋，後面男人的嘶吼和腳步聲又陸續傳來，她雙腳都已經開始麻痺，一點知覺都沒有，她現在只知道要用盡全力向前衝！

貝雅瑜此時頭髮雜亂，滿臉都是黑黑的污垢，破衣掛在那傷痕累累的纖瘦身軀，這樣一個重傷的人還是跑不過後方的壯漢。

「看妳再怎麼跑！」後方腳步聲漸漸拉近。

一股憋屈與不甘湧上心頭，貝雅瑜急得有些踉蹌。頭髮被粗暴的拉住，那力道強勁得讓她頭皮撕裂了般。

「妳這瘋女人！」男子揚起手作勢要打她。

到了生死關頭，貝雅瑜什麼也不想管了，拉過他的胳膊用力一咬，男子痛呼一聲，氣憤之下一巴掌真的打了下來。

後面兩個男人也趕上，把她用力架住。

一切生機都消失了。周圍景物皆粗糙起來，貝雅瑜心底那一點想活下去的聲音瞬間被扼殺。

他們咒罵著把她扔回車上。

聽見熟悉的落鎖聲，貝雅瑜眼前一片黑的癱倒在地上。她原本以為外面會至少有一兩個人可以求助，哪會料到，其實是一片荒草野地？

#

裘冠博所有的毒品商場全被炸得絲毫不剩。

他很快的讓所有手下折返，只守不攻。他此時已經恢復了平日從容的模樣，雙手環胸地靠在牆邊，手上夾著一根煙。

手下說道，「夏司宇他過來了。」

裘冠博聞言雙眼一瞇，將煙蒂扔在地上踩熄。

已經進入秋天的徐風清涼，深灰色的迷雲沉重的繚繞天地。

一排武裝的人整齊的排列在後面，聽見夏司宇來了，都不禁嚴肅屏息。

不遠處一抹身影逐漸邁近，夏司宇臉龐如刀刻般俐落分明，一襲黑色服裝顯得他更加頎長筆挺，他似乎更瘦了些，眸子裡卻仍然盈滿陌生銳利的光芒，令人看不半點思緒。

「夏司宇。」裘冠博牙縫裡擠出他的名，一字一句的說，「你現在才來，是不是已經太晚了？」

男人凝視著他，勾唇笑了：「確實晚了。」然後頓了一頓，「你走私的事情已經傳到新聞台，很快的就會發布在眾人眼前。」

裘冠博聞言臉色一變：「你到底要什麼？」

夏司宇眉頭一皺。

「呵。」裘冠博見狀恥笑道，「你竟然也會有為了一個女人而拚命的一天，看看你這副蠢樣，難怪這麼多人選擇不站你那裡！」裘冠博又道，「要女人我這邊多的是，你要幾個我給幾個，就是貝雅瑜不行。」

氣氛一下子凝滯起來。

「可惜了。」夏司宇漫不經心的垂下眼簾：「除了貝雅瑜，其他人我都不需要。」

裘冠博早有料到會這樣。

此時夏司宇倒沒有強求，只笑了笑，說：「既然談不了，那我就用點其他的辦法了。」

裘冠博一愣，卻見他已經轉身。

大家都以為會免不了一場惡戰，但他就這麼輕易的走了，實在有些摸不著頭緒。

裘冠博安靜的使了個眼色，「砰砰砰」好幾響槍聲四起！可是定睛一看，哪有夏司宇的身影？

裘冠博臉色陰沉：「把貝雅瑜快點送回來，也看緊不要讓她跑了，如果夏司宇的人趁虛而入，就直接把她殺了。」

「是！」

他們一哄而散，只剩裘冠博還留在原地。他望著夏司宇離開的方向許久，摸進口袋拿了根煙點燃，眉頭自始自終都緊緊的皺著。

裘媽媽從後方走來，滿臉都是不贊同：「那天怎麼沒把貝雅瑜解決了？」

「留下她當籌碼，夏司宇不敢輕舉妄動。」裘冠博側眸看了她一眼。

裘媽媽卻不開心：「你忘了我們真正的目的是什麼？毒品市場可以再經營，報仇才是我們最重要的事情。」

「媽。」裘冠博抬手捏了捏眉心，淡淡的道，「妳覺得經過這次的事情後，我還能繼續活下去嗎？」

最後的幾個音節被徐風席捲至遠方。他唇角一彎，我們的仇？其實都是裘媽媽自己的，只是他從一出生開始，就接下裘媽媽的仇恨而已。

裘媽媽一時沒能聽清楚：「什麼？」

裘冠博張了張唇正要重複，忽然又失笑，道：「沒事。」

他煩躁的狠狠吸了口煙，繼而吐出的青煙飄過，裘冠博看著那裊裊模糊的視線，一陣失神。

#

貝雅瑜有傷口發膿了。

經過上次的驚險地逃跑，大腿原本結痂的傷口重新撕裂開來，鮮紅的血潺潺流出，裡面還摻雜了黃色液體。

車子還持續向前駛行著，她能感受到車身正微微搖晃，卻沒有人為她包紮，於是傷口就日復一日顯得愈來愈觸目驚心。

此時「刷刷」的聲響從門口傳來，門很快的被打開。

一名男子一手抓著側門的扶手，之後跳了上來，那身姿高挑清瘦，因為背著光而五官看不太清晰，貝雅瑜眯眼，等看清楚了卻心頭巨震，耳邊嗡嗡一響，恍神了好一會兒。

——是孟景涵。

他走過來蹲在她面前，面部輪廓逐漸分明，只見他低眸看貝雅瑜，眉頭蹙著。他看著貝雅瑜狼狽的縮在角落邊，比起以前瘦了很多，滿身都是傷痕，一時之間還回不了神。

此時她眼前卻逐漸模糊起來，眼淚一湧而出，幾乎燙傷了眼角。

在這段難熬的日子裡，她妄想過無數次孟景涵會捨身來帶自己離開，卻緊緊只是妄想，現在他本人出現在眼前時顯得這麼虛幻，讓自己完全說不出話。

他將貝雅瑜摟進懷，卻怕弄痛她的傷，動作格外小心輕柔。

孟景涵低頭將額頭抵著她的，大海般深邃的眸子透著一絲晶亮，周圍的景物瞬間隨之模糊起來。

貝雅瑜淚水掉得更凶了。

孟景涵用指腹拭去她眼角的淚花，柔聲說：「我來晚了。」

我來晚了。

妳知道我聽見妳不見蹤跡的時候，有多麼的心慌意亂嗎？

妳總是裝得那麼堅強，其實妳內心細膩脆弱，總是在最無助的時刻期盼著有人陪伴。如果受了委屈，會不會不肯吭聲的承受一切？

「景涵。」貝雅瑜看著他，輕輕的道：「你不應該來的。」

心中卻無數個聲音喊著——別離開我。

他的鼻尖蹭了下她的，沒回答，就將她摟進懷。

他終究是最了解她的人。

他明白她一直以來的不安與疑問，也知道，心裡除了充滿愧疚，同時也懷疑著孟景涵為何要選擇她、拼盡全力去保護她。孟景涵雖然發現她的疑問，卻一直保持沈默，不是為了隱瞞，也不是愛得不夠深切。

貝雅瑜其實很孤獨，沒有家人的呵護，也沒有能夠敞開心房的朋友，一如當初年少的他，將一切扛在肩上，其實內心早已支離破碎。而當時的他得到了救贖，只因有人也這麼幫助過他。

然而此時不需要過多的解釋，隨著時間流逝，她終有一日也會明白，他為何不在乎這些理由。

♯

孟惜晴睡著了，醒來之後迷迷糊糊的開啟電燈，剛走出房門卻發現家裡空無一人。

明明是正午時分，外面天色卻昏暗，像個不祥的預兆。

她起身將窗簾拉起來，走進廁所洗把臉，鏡中的自己雙眼紅腫，臉色略顯蒼白，頭髮凌亂的披散在雙肩。

孟惜晴努力的笑笑，梳了梳頭髮，看起來卻依舊很狼狽。

她坐在客廳沙發上，整個身體都蜷縮在沙發裡，悶悶的嘆了口氣，果然很不習慣家中的沉寂。

昨晚的深夜裡，她躺在床上難以入眠，此時卻看見一抹漆黑的身影從窗戶外一晃而過，之後便是家門口清脆的開鎖聲。

她驚得從床上坐起來，卻很快的聽到孟景涵壓低的嗓音：「你來了。」

那人輕笑了下，回道：「不得不來。」

孟惜晴渾身一震，這是夏司宇的聲音。

自從上一次在電影院被狠狠拒絕以後，孟惜晴總是刻意迴避，所以他們便再也沒有見過面了。

面對大家的噓寒問暖她笑笑說沒事，但其實心中仍是非常在意。

她一直都想念著他。

「你如果真心想救雅瑜，就跟我過來。」夏司宇頓了頓，語氣沉了幾分，「要是你順利把她帶出來了，我除了能把裘冠博剷除，也會離開她。」

雅瑜？孟惜晴捕捉到這個字眼，趕緊將耳朵貼在門板上。

「不需要和孟惜晴報備了。」夏司宇冷冷的聲音傳來，「她只會把事情搞得更複雜。」

她只會把事情搞得更複雜。

孟惜晴聞言，一股寒意從腳底攀升，整個身體都冷得發顫起來。震驚、傷心、難過，種種思緒一股腦浸入骨髓，激得她呼吸也隨之困難起來。

不知從何時開始，夏司宇澈底變了。不，或許這才是最真實的他，只是大家從未察覺。

鐵血無情、態度淡漠。

他謙和溫良如陽的笑容不斷在眼前浮現，彷彿在宣示著，這男人絕對還是從前的他。

孟惜晴深吸了一口氣，眼眶竟然濕潤起來。

以前的夏司宇到底在哪兒？

門外兩人沉默許久，先傳來的是孟景涵應的聲「好」。

之後，腳步聲逐漸遠去，留下滿室的沉寂。

#

夜幕漸漸落下，似鑽石般閃亮的星星灑滿了無涯的天空。

紅黃的火焰在木枝堆裡顫動燃燒，一股股灼熱的溫度撲面而來。貝雅瑜本來還愣神的看著，卻鬼使神差的抬起頭來。

火堆的另一側，孟景涵的眉目清俊依舊，輪廓被籠罩得添了幾分柔和。他今天穿了一件黑色衣服，很平常打扮，可能是因為太久沒見了，她彷彿有著魔性般，有些移不開眼。

一名女子走了過來，她長相普通，健康的麥色肌膚，兩頰上有一些明顯的小雀斑：「小姐。」

貝雅瑜恍然回神：「怎麼了？」

孟景涵都叫她琴潔，不知道姓什麼，那應該也不是真名。可因為是孟景涵找來的人手，雖然身世如此模糊，但貝雅瑜卻還滿信任她的。

琴潔晃了晃手中的礦泉水，正要朝她扔過來，卻突然罷手笑了開來：「哎呀都忘了，跟我這種人不一樣，妳是嬌滴滴的都市美女。」之後朝她走來，親自把礦泉水遞給她。

這話聽來有點酸味，但其實琴潔講話本就這樣不經大腦，雖然剛開始不動聽，幾天下來卻覺得幾分豪爽。

「謝謝。」貝雅瑜接過。

他們現在身處於荒野中，貝雅瑜還有些搞不清楚狀況。當時孟景涵進了車內把她帶出來時，琴潔則守在門外，而原本那三名壯漢卻已經不見蹤影。

「三名壯漢？」琴潔疑惑挑眉，之後恍然大悟，「噢，妳說那三個小廢物嗎？他們都被我處理掉了。」

處理掉？

琴潔見貝雅瑜沒有明白，抬手食指指著自己的太陽穴，用口形說：「BOOM！」

被她殺死了。

貝雅瑜很震驚，琴潔長得這麼普通，難以想像竟然是名殺手。

琴潔從黑色包裡拎出一條毛巾，語氣輕快：「我們運氣好，這裡朝南直直走，不到兩百公尺的地方就有一條河。」說話一頓，笑露出一排晶亮的牙齒，「小姐，妳也趁機去把傷口清乾淨吧，等一下我給妳包紮傷口。」

話落，她便踏著穩健的步伐小跑步離開了。

孟景涵靜靜靠在樹幹上閉目養神，膚色光潔白皙，火光映在他挺直的鼻樑上，在一旁打了層模糊的陰影。

這麼沉默不語一會兒，只剩火堆還吱吱作響著，周圍皆因之籠罩薄薄的光暈。

貝雅瑜心中五味雜陳。

明明近在眼前的人，如今卻顯得遙遠。他一向是個善良的人，怎麼會和琴潔這樣的殺手打交道？這個疑竇在心中不斷徘徊。

她輕輕站起身，男人視線忽然投來，之後他似乎笑了下。

貝雅瑜到達河邊的時候，大腿內側的傷口已令人痛不欲生，她緊皺著眉，滿額都是汗水。

這河水清澈透明，在月光的照耀下，能看見溫和綿長的水下姿態各異的細小石子。她坐在河岸邊檢查傷勢，那處皮開肉綻，裡面的膿包似乎又惡化了，貝雅瑜皺眉哀嘆一聲。

「大驚小怪。」琴潔不知何時已經走到她身前，一手不羈叉腰，身上不著寸縷，而臉上則掛著輕淺的笑意。

貝雅瑜很快就知道她為何這麼說了。

琴潔身體雖然窈窕緊實，但全都是大大小小的疤痕，有些細長像刀割、有些凹陷下去像子彈，腹部甚至還有拳頭大小的傷還未痊癒，上面只長了一層薄薄皺皺的皮，看起來驚心動魄。

等貝雅瑜清理完傷口，琴潔過來替她包紮，動作俐落但力勁卻很大，顯然是故意的。

貝雅瑜痛得幾乎喘不過氣，可從頭到尾緊皺著眉頭不吭聲。

琴潔失笑，拍了拍她的臉頰，「雖然是隻小白兔，但是個性很倔強。開始有點明白夏司宇為何會欣賞妳。」

夏司宇？貝雅瑜聞言一愣：「妳認識他？」

「好了！」琴潔答非所問，打了個結作罷，又說，「鬆開唇，咬爛會變菜瓜布，男朋友不喜歡。」話落，她背過身穿上衣服。

在回去的路上，她才終於提及夏司宇，竟然是上司屬下的關係，貝雅瑜聽得一時摸不著頭緒。

「他真夠護妳的，連這個都不肯講。」琴潔點上了根煙，語氣有些無奈的解釋，「洪華聽說過嗎？以前這個幫派是販賣毒品盛起的，自從夏司宇接管以後開放運輸槍械，洪華幫漸漸的才在黑道界有了真正的地位。」

說到這裡她狠吸了口煙，「但之後鬧內亂，裡面爭吵的兩個勢力澈底分裂。讓洪華幫興盛的夏司宇勢力大、比較多人支持，而另一邊……」琴潔斜著看她一眼，「裘冠博算是佔了弱勢。」

「分裂其實是有私下原因。」琴潔瞇起眼，續道，「妳的爸爸年輕時曾性侵過裘冠博的母親，她以前曾為了報仇而對妳父親投毒，試圖讓他身體衰弱、慢慢病死。但這仍然不夠讓她釋懷，以至於慫恿裘冠博加入黑幫，再一點一滴的用黑暗勢力折磨妳、毀掉家裡的和諧，就像當初妳爸爸毀掉她的一切。」她說話一頓，「而夏司宇一直不允許，所以才搞分裂的。」

——「你父親曾是名性侵犯。」裘冠博這句話彷彿迴盪在耳邊。

——「我會把妳的手指、肉體、皮膚、骨頭全部分開完好保存，然後再送給妳爸爸當死前禮物。」

太陽穴突突的直跳，腦海中雲裡霧裡的，她簡直不敢相信自己的思維，偏偏事情卻連成一條合理不過的線。

自己的父親竟然是這樣令人作嘔的人，而她一生中連連經歷的悲慘，全都是因他而起。

貝雅瑜再也忍受不住翻騰的情緒，滿腦子都像炸開了般疼痛。

「喂。」琴潔忽然停下腳步，側過臉看來：「妳爸的為人怎麼樣並不重要，他造的孽是他的，跟妳沒有半點關係，明白嗎？」她嘖了聲：「我最討厭那種一代接一代的仇恨。」

#

貝雅瑜蹤跡消失的事情很快的傳到裘媽媽耳中。

裘媽媽臉色一變，「刷」的一聲將桌上的碗筷全都推到地上，氣得呼吸急促，抓著一旁的椅子，力道大到手指關節都泛白起來。

「裘冠博——」裘媽媽一反常態的拔高音調，悻悻然的推開房門。

外面天空灰濛濛的一片，潮濕清冷的空氣裡布滿了細小的灰塵。裘冠博此時站在陽台邊，靠著欄杆兩隻手相握，表情沉鬱。

「你是不是故意的？」裘媽媽用力推了他一下，語氣很衝。

裘冠博煩躁的抓了抓頭，皺眉又進房去拿菸。

裘媽媽臉色更難堪。只讓三名漢子守著貝雅瑜，她又怎麼會不明白裘冠博那點小心思？怕是到了臨頭，不捨得對貝雅瑜下重手，才故意放鬆謹惕讓人逃掉了吧。

裘媽媽隨著入房，看著裘冠博明顯消瘦的背影，心情愈來愈差，自己一手把他帶大就是為了讓他替自己報仇雪恥，但裘冠博在緊要關頭，竟起了那點不該存在的惻隱之心。

「媽。」裘冠博的聲音悠悠傳來，「是我疏忽了，妳別生氣。我等等就派人去解決。」裘媽媽冷哼一聲，臉色終於緩和了些：「最好是這樣。」

裘冠博又安靜下來。他總覺得哪裡奇怪，跟貝雅瑜緊緊聯繫在一起，最終歎息一聲：我只能幫到這裡，要是這次妳沒能逃掉，就再也沒機會了。

翌日。

貝雅瑜是被刺眼的陽光照醒的，身旁的火堆已經只剩一小簇火，搖搖曳曳，頗有將熄之勢。

黃白色的光暈從天空上透下，美得恍如隔世。貝雅瑜微微瞇起眼，渾身都是前所未有的溫暖舒暢。

「太陽曬屁股，大小姐終於起床了。」琴潔散漫的聲音傳來，她一身迷彩服，盤膝坐在一旁，手中把玩著把步槍。

看見槍，瞌睡蟲一轟而散。貝雅瑜笑笑：「妳也不叫醒我。」

安穩的睡了一整晚，頓時感覺格外的神清氣爽。琴潔一手伸了過來，貝雅瑜毫不猶豫的握住，一股力道把她拉得坐起。

「妳睡得舒服，我可是守了一整夜。」琴潔抱怨了一句，又從包裡拿起把刀來磨，過了半晌，用它指了指對面，「妳男友剛才去河邊了，要看美男出浴還來得及。」

然後磨刀的蕭蕭聲又傳來。貝雅瑜下意識回答：「我才不去。」耳朵卻有些紅了。

琴潔動作微頓，瞟她一眼：「遲早的事，害羞什麼？」

貝雅瑜一時被堵得說不出話來。

當孟景涵回來的時候，便看到了琴潔慵懶的在擺弄那些武器，而貝雅瑜很快的恢復如常，說了聲：「早。」

那雙漆黑的眸子似黑珍珠般明亮，含著些許笑意，又像古井裡探出的天光。

孟景涵心情頗愉悅，唇角微勾：「早。」之後彎身在她額頭蜻蜓點水般的落下一吻。

貝雅瑜恍惚想起了孟惜晴，她曾經笑瞇著眼，像在炫耀般的透露道：「我哥洗完澡的聲音可誘人了。」

果然引人犯罪。

明明只是一個簡短的單音節，卻和以往清潤不同，而是低沉又有磁性。

琴潔也注意到了，笑著側眸看了過來：「哎呀，耳朵差點懷孕。」

貝雅瑜也收到她打趣的目光，不動聲色的揉了揉耳朵。

「剛才叫她去看美男出浴，結果臉紅了。」琴潔盤腿坐下，單手撐頰的調笑：「早點下手啊，我最看不慣思想純潔的小妹妹。」

孟景涵面對她的玩笑，竟然認真的思考起來，朝貝雅瑜道：「想要什麼隨時都可以說，無論哪方面。」

貝雅瑜卻聽出他語氣裡有些笑意，一張臉又紅透了，而琴潔在旁邊捧腹笑得很開心。

接著他們便分著吃了些乾糧。

貝雅瑜食物還沒嚥下，忽然頓了頓，想起昨天琴潔告訴她的事情。

她心情還有些沉，想起了貝爸爸，還覺得不可置信。

「再省下去，風一吹就飛走了。」琴潔見她吃得少，似笑非笑的調侃，「紙片人。」

貝雅瑜被她這麼一說，低頭看了眼瘦了許多的胳膊，的確是皮包骨了。

之後，他們一行人向著南方走，四周環境從寸草不生的荒野，逐漸有了少許樹木。

路線都是琴潔安排，她顯然很常這麼行動，將近三個小時的路程下，依舊保持著矯健的步伐。

孟景涵一直在身後不遠處，輕輕抿著唇，倒是沒有吃力的模樣。

貝雅瑜卻顯得特別狼狽，消瘦的下巴都是細汗，最慘的還是大腿處的傷口又開始疼痛起來，她緊皺著眉頭，咬牙硬是沒有吭聲。

頭頂炙熱的陽光普照大地，隱約看得見乾裂的地板上裊裊的熱氣，眼前愈來愈模糊暈眩了。

貝雅瑜擦了擦汗水，抬頭卻撞見一雙深邃似海的眸子裡，孟景涵道：「我背妳。」

他不由分說，直接蹲了下來，寬瘦的背脊就在前面，貝雅瑜想著自己緩慢的腳步會拖累他們，也不扭捏的讓他背了。

這舉動似曾相似。

剛環上他的脖子，琴潔便吹了個響亮的口哨，搞得貝雅瑜原本坦坦蕩蕩的也害躁起來，索性不說話了。

孟景涵才剛站起來，貝雅瑜瞇眼向上一望，熾熱的陽光還是令人頭暈目眩。她悶悶的和他附耳問：「我變這麼醜，你嫌不嫌棄？」

「誰說醜了？」孟景涵不輕不中的捏了下她的小腿，要她別胡思亂想。

時間過的異常的漫長而煎熬，走了許久許久，進了一座山林內，身旁都是擎天的樹木。

琴潔的聲音從前方傳來：「我們在這裡休息。」

此時陽光被樹枝樹葉遮住了，只透著稀薄的微光。

忽然「嘶——」的一聲，紅色的煙霧朝著天空射去，留下一束鮮明的筆直軌跡。是信號彈。

琴潔迅速將槍掏出，匍匐在地上朝著樹林深處一射！

一聲悶哼，之後便是落地聲響起。

——簌簌簌。

剛聽到一陣急促的腳步聲，琴潔已經回頭命令道：「快跑！」

貝雅瑜被孟景涵一手拉起來，原本那裡樹上一縷煙霧射過、多了一顆彈印。

砰、砰、砰。

他們拔腿狂奔起來，子彈全都朝他們掃來，琴潔動作敏捷的開道，踏過的地方全都是斑駁的血跡。

幾名穿著黑衣的人竄了出來，琴潔提著槍狠狠便掃射一圈。

屍橫遍野。

像走過三途河岸，一路都是耀眼盛開的曼沙珠華，貝雅瑜看得心驚膽戰，臉色愈發蒼白了。

琴潔肩膀擦過一槍，滲出的鮮血已經蔓延了上半迷彩服。對方全都隱匿到樹叢裡，人數不減反增，情勢愈來愈嚴重起來。

琴潔扔給孟景涵一把槍，只給貝雅瑜一把匕首：「被挾持的時候用。」

孟景涵自然沒觸碰過槍械，琴潔知道他的心思，笑笑道：「起碼做做樣子。」

做做樣子。

孟景涵修長的手摩挲過冰涼的槍身，眼神徹底陷入幽暗。

天色漸漸轉黑，過了一會兒，雨如無數條銀絲斜斜飄落下來，形成一層朦朧的薄紗，隨西方呼嘯而來的狂風飛濺一地花雨，陰冷的氣息轉瞬襲來。

原本陰鬱的心情愈發沉重了。

第九章：尾聲

他們奔跑在草地上，前方的路已經模糊到看不清楚，身旁忽然「砰」的一聲響起。

貝雅瑜和孟景涵對視一眼，身旁又是「砰」的一聲，令人心尖一顫。

「哈哈哈，再射也沒用！」琴潔忽然仰天大笑。

樹林隨著急促的步伐倒退著，槍聲也慢慢的遠去，貝雅瑜懂了她為何而開心。

剛才不是槍響，而是發射信號彈的聲音，敵方試圖招領更多人手，卻因為天空起霧看不清楚，而連續又發了幾個信號彈。

琴潔又解決完了前方的人，帶頭鑽進了個山洞，長噓了口氣，笑了：「老天有眼！」

孟景涵眼中也升起了淡淡的笑意。

#

室內一片漆黑，月光傾瀉在落地窗內的大理石地板，顯得更加的清冷孤寂。

夏司宇負手而立，表情淡淡的看著窗戶上附著的雨珠。

許久許久以後才把燈打開，頓時一室明亮，刺眼的光芒使他微瞇了眼睛。

「裘冠博中間的勢力範圍已經削減到最薄弱，剩下的已經成不了大氣候。」後方有位男子向他問道，「已經得知他的蹤跡了，要不要動手一次擊倒？」

窗外的雨仍然淅淅瀝瀝的下著，像織起了一層幔帳，他看見玻璃窗上自己模糊的輪廓，似真似幻。

「不用。」夏司宇慢條斯理的拎起西裝外套，淺淺的笑了。

男人雖然滿腹疑惑，但還是離開了。

夏司宇走到桌前，上頭的相框讓他目光微凝。那是名十六歲左右的女孩佇立在樹下，笑容甜美燦爛，朝著鏡頭比了個勝利的手勢。

夏司宇眉梢嘴角間不禁泛起柔柔的漪漣。

他輕輕將相框拿起，扔進垃圾桶，發出響亮的「哐」聲。

執念也差不多該放下了。

#

夏司宇從小開始就孤身與世界奮鬥，犧牲一切來爭取更高的地位，就算失去性命也在所不惜。直到終有一日，幫內老大面對年少成材的夏司宇，危機感油然而生，覺得不趁早剷除將成為大患。

暗殺者接踵而來，夏司宇失去了上頭的支助，勢力一夕之間瓦解。

他很快的陷入落魄潦倒的僵局，只能在街上顛沛流離，才發現世上打從一開始起，就根本沒有留給他容身之所。

夏司宇常去搶劫或殺人，不像以前為了在幫中有更高的地位，而是讓自己擁有足夠的金錢與物資生活下去。

之後就是一連串的被追殺和匆忙的逃跑。

貝雅瑜那時才十六歲，每天上學都會經過天橋，經常看見角落神色憔悴的他。

夏司宇總是待在一旁，和普通街友不一樣，衣衫凌亂卻不襤褸，臉上沾上了髒污而看不清五官，沒有狐臭，只是缺乏打理，感覺倒像是名離家出走、渾身都是風塵味的男人。

貝雅瑜那時沒想那麼複雜，只當他是名乾淨的年輕街友。

放學的時候，她回程的路上又在天橋上看見了他的身影，那前面擺放的帽子裡，和早上一樣半顆銅板都沒有，心中不禁起了惻隱之心，不知道他吃過沒有？會不會餓？

夏司宇本是靠在欄杆上閉目養神，聽見動靜忽然睜開眼，那雙眸子異常的晶亮，彷彿能夠瞬間看透人心。

貝雅瑜烏黑亮麗的髮高高紮在腦後，身材高挑勻稱，擁有一雙柔和清麗的眉眼，高挺的鼻樑和小巧的櫻唇，要不是一身國中校服，還真會令人以為是名高中生校花。

那張百元紙鈔靜靜的躺在帽內，被陽光照射得熠熠生輝。

那帽子自然不是放著討錢的，錢這種東西，夏司宇身上自然不缺，現在不過是因為沒有安身之所，不得不露宿街頭，才被這麼誤會。

不過確實，他落魄得和街友相差無幾。

收到淡淡的目光，貝雅瑜一皺眉，總覺得他眸中深邃而神祕，帶有太多她看不清的思緒。

僵持了一會兒，貝雅瑜發現夏司宇外套內的白衫，不知何時被鮮血浸濕了大半。她臉色頓時一白，支支吾吾地問道：「你……需要我叫救護車嗎？」

夏司宇沒有回答，垂著眸，似乎扯了下唇。她看出他的嘲諷，彷彿在趕她離開。

她故作鎮定的走遠，直到已經看不見夏司宇的時候，才發覺腳步變得急促到有些踉蹌。

貝雅瑜一生中從未看過這麼多的血。

今晚她徹夜未眠，總覺得閉上眼睛時就會浮現出夏司宇冷冷的目光，以及那滿身的鮮紅。

遇到那種狀況是不是應該要伸出援手才對？她滿腦子都是這念頭。

凌晨四時，她被門口的開鎖聲驚醒，糜爛的步伐和貝爸爸的叫喊很快的傳來。

「什麼——居然都在睡覺！」貝爸爸吼了聲。

接踵而至的怒罵傳來，貝雅瑜把棉被蓋過頭，耳邊鬧哄哄的一片，心情再也無法安定下來。

又來了，她實在受夠了這種日子。

翌日。

旭陽初昇之際，清晨迷霧未散，天空蔓延著一股清冷的氣壓，寂靜無聲，風微涼。

夏司宇收拾著行囊，無數的學生踏著歡快的步伐行過，臉上燦爛的笑容都顯得那麼粗糙模糊。

貝雅瑜一如既往的走了過來，這次身旁有幾名同學一起，但看見他的時候，眼中明顯的升起一股探究與膽怯。

她躑躅一會兒問他，你的傷有沒有去醫院看診了？

夏司宇聞言動作一頓，淡掃她一眼，沒有答話。

貝雅瑜對他冷漠的態度並不意外，正想再多勸他幾句，身旁的同學卻拉了拉她：「跟流浪漢說什麼話？說不定他是啞巴呢！」之後被夏司宇的目光一瞟，頓時嚇得不敢出聲。

貝雅瑜不由得有些惋惜，還真有那可能性。

沒由來的，夏司宇排斥她那種目光。

貝雅瑜一直都是成長於那毫無心機的世界，沒有黑道幫派、沒有勾結、沒有殺人，這麼的光鮮亮麗的過著絢爛的生活，和自己是截然不同的。

她和同學們一起離開了，談笑的聲音徐徐傳來。

「雅瑜。」有位女同學問道，「妳想好以後要做什麼事情了嗎？」

她笑笑，有些靦腆的回答：「沒什麼特別的宏願，普普通通的就好。」

同學們嚷嚷著勸她當個模特兒，貝雅瑜仍是笑而不語，良久才說：「模特兒很累的，當個老師就好。」

她總是把「這麼就好」掛在嘴邊，似乎真的期望自己未來能夠過著平淡的日子。

除去了週休二日，夏司宇幾乎每天都能看見她，這彷彿已經成為了一個慣性。她已經沒有了剛開始的膽怯，有時候早上匆匆的敢到學校，放學的時候才發現他的身影，卻沒有再和他搭話了。

這段期間內，夏司宇便籌劃一連串的勾結與暗殺行動，試圖爭取更多黑暗勢力，之後一舉擊倒了洪華的老大。

當他接手洪華幫的時候，已經是好幾年後的事了。

他正式通販毒品和槍械走私，整個社會因而動盪不安、人心惶惶。

裘冠博是幫內成員，從小就走上這條黑暗的路，那時他已經二十出頭，總說只要殺了他的仇人，就願意一生衷心效勞於夏司宇。

此時夏司宇常想起貝雅瑜，個性溫婉而恬靜，不求輝煌前途，只求一世安穩，心中竟有些不捨得破壞這份美好，所以對於裘冠博的提議遲遲不首肯。

那時的貝雅瑜第一天去學校當實習老師。

她一頭長髮似絲綢般柔軟的披散在雙肩，白皙至極的膚色裡透著紅潤，眉目清秀，紅唇帶著有些緊張的笑，但渾身仍散發著一股乾淨純粹的氣質。

「這是夏主任。」貝雅瑜聽見身旁的老師這麼介紹。

夏司宇身材高挑，擁有極致完美的臉型與五官，雙眸清澈溫潤，挺直的鼻樑上架著一副金絲框眼鏡。

貝雅瑜盈盈一笑，頷首道：「夏主任好。」

真是一點兒也沒認出他。

夏司宇修長的手指微屈，過了良久才把滑鼠放開，摘下眼鏡靜靜的也笑了：「妳好。」

那時的貝雅瑜正和裘冠博交往。

在她下班的時候，裘冠博特意過來接她，一雙桃花眼微瞇起，仍是吊兒郎噹的風流模樣。目光深深的打量了下，夏司宇微笑以對，看起來清華溫潤，其實醞釀著一股沉默的銳利。

之後的裘冠博策劃著如何折磨貝雅瑜，先是殷勤浪漫的交往，後來態度若即若離，直到提了分手——貝雅瑜在意的，卻是家人的施壓而不是他的無情，這讓裘冠博惱羞成怒。

陷害學生、搶劫、裘媽媽刻意為難，以及最後派人暗殺。

夏司宇知道他前面的目的是要貝雅瑜心中產生陰影，而暗殺則是想令她半身不遂。明白了事情的嚴重性，夏司宇設計了路上車輛撞過去、再命人縱火，繼而產生了走火的假象。

他習慣了平日每個早晨，見貝雅瑜纖瘦的背影靜靜待在辦公室，聽見動靜，便回身朝他莞爾輕聲問好道一句：夏主任早。

他捨不得貝雅瑜，她明明這麼不堪一擊，個性卻倔強不服輸。

他捨不得她在這世界上被摧毀凋零。

——他喜歡貝雅瑜。

夏司宇思及此，困擾的輕輕皺眉，手一沒拿穩，資料夾裡的紙全散落在地。

自己比起權利，似乎也隨她影響，更嚮往著平凡幸福的過日子。

#

夜幕降臨，雨已經漸漸停歇，空氣像被澈底過濾了一次，尚蔓延著潮濕的泥土味兒，聞起來格外的清新怡人。

琴潔的肩膀厚厚的纏上白色的繃帶，透著一片血紅，看起來怵目驚心。她臉色有些難看的和他們對視一眼。

不是因為傷口痛。

洞穴外面有人在不遠處來回的走動，踩在草地上發出沙沙的聲響，聽來不只一人而是複數，可能是一組、可能是一群，也可能是一整隊。

貝雅瑜緊張得只覺得快要喘不過氣來了。

「到裡面些避避。」孟景涵沉聲說。

貝雅瑜和琴潔點了點頭，摸索著朝黑暗處走去，凹凸不平的岩壁冰涼又尖銳，刺得指頭有些痛。

這洞穴並不深，他們很快就走到了盡頭，而外面手電筒的燈光已經恍恍惚惚地照射過來，腳步聲越來越近。

「聽好了。」孟景涵這麼說，「我和琴潔會出去。」

貝雅瑜想到對方的人手眾多，琴潔又身負重傷，說道：「既然打不過，那躲在裡面有什麼用？我跟你們一起出去。」

「我知道。」他瞇起眼，「妳待在這裡也很快就會被發現。」

貝雅瑜默然點頭。

雖然知道是遲早的，但心中還是很不甘心。之後會被帶去哪裡？裘冠博一定又要瘋狂的凌虐她了吧？孟景涵和琴潔又會怎麼樣？想到這裡，只覺得一股涼意從腳底攀升。

要是他們沒來就她就好了，這都是因她而起的，她的事，應該要自己背負。

外面忽然傳來一聲吆喝，洞穴已經被發現了。

上膛的聲音從身邊傳來，貝雅瑜只見孟景涵手裡握著槍身，往外走去。

琴潔抬起槍也跟著出去了。

裡面只剩下貝雅瑜一個人，吵雜的槍聲很快從外面傳來，冰冷的空氣中令她險些喘不過氣來。

砰、砰、砰。

四周黑漆漆的一片，耳邊的槍聲不減反增，貝雅瑜的心跳急促到有些悶痛。

一道腳步聲依稀傳來，若有似無的逐漸逼近。貝雅瑜想起了琴潔的匕首，悄悄將它拿出來防身。

「唔——」

口鼻突然被從後方摀住，貝雅瑜呼吸一窒，匕首使勁刺去。

「鏘」的金屬落地聲，那人輕而易舉的將她反手扣住。

——妳會被發現。貝雅瑜想起孟景涵的話。

既然如此，不懂他為何執意要讓她待在裡面。

頸部被架上一把刀，貝雅瑜滿腦混沌的被押出去，這時看到的情景讓她澈底的陷入絕望。

琴潔狼狽的倒在血泊中，而孟景涵雙手被兩名壯漢反剪在身後，臉上的肌膚上沾上污漬，看不出有什麼表情。
「跪下！」一旁的壯漢狠狠踹了下他的膝蓋，孟景涵悶哼一聲，抬眼掃他一眼。
壯漢被激怒了，槍口用力抵在他的太陽穴上，喝道：「聽不聽話？」
「不跪下我就割下這女人的頭！」挾持貝雅瑜的人說道，刀身逼近了些，在頸部留下一串血痕。
孟景涵神色明顯一愣，溫和的眸子裡竟升起一股不忍。
他緩緩的屈膝跪了下去，眉宇間有著沉默的抑鬱，褲子的膝蓋處因此沾上骯髒的泥巴。遠遠的依舊能看見他衣服被鮮血染濕，卻仍傲氣的挺直著背脊。貝雅瑜心口一痛，再也忍不住，眼淚模糊了眼前的景象。
她此時才明白了自己有多麼的無用，明明擁有那想強烈反抗的心情，身體卻早已筋疲力盡，一點一滴的沉下去，無助、低落、自責，除此之外沒有別的感受。
本以為這結局會感到如釋重負，如今看著琴潔因為自己也賠了進去，而孟景涵也為自己拋下尊嚴，心中是那麼的悲憤又空虛。
狂風席捲過來。
剛才恍神，琴潔已從地上爬起，朝著貝雅瑜開來一槍。
她只覺得頭頂「咻」的一聲，挾持著自己的漢子渾身一個抽搐，向後直直倒去。
一陣轟鳴聲忽然狂躁，嗡嗡的刺得耳膜發疼，只見一台直升機直直開了過來，螺旋槳掀起了極大的風浪。

「過來！」有人大聲喝道。

貝雅瑜仰頭，男人唇部緊抿的打開直升機的門，烏黑的頭髮被吹得凌亂，幾乎整個身體都往外傾斜，一手握著扶手、一手則正朝她伸來。

是夏司宇。

貝雅瑜被一把撈住了手腕，下意識的往孟景涵的方向看去。

旁邊的人們都把槍對準她，琴潔壓根兒沒看見似的，瘋狂的朝四周開槍。

——砰砰砰。

空間顯得格外寧靜。

時間好像停滯了，她親眼看見琴潔的身軀被射出好幾個血洞，大大小小的數不清，衣服也轉瞬被染得鮮紅。

夏司宇猛然用力一拉，貝雅瑜驚呼一聲，整個人騰空而起，被扯進了直昇機內。

「等等——他們還沒上來！」她喊道。

狂風呼嘯起來，直昇機又重新往上飛起，夏司宇才剛將門關起，下面的人們都圍了過來瘋狂射擊，喀喀喀清脆聲響，鐵板上留下許多鮮明的彈印。

窗外的畫面不斷往下流逝，速度快得形成出一道道光怪陸離的影子。

遠遠的，孟景涵已經重新站起身，月光照耀在他臉龐上，臉上展開一抹笑容，似乎眸色也柔和幾分。

這模樣倒映在貝雅瑜眼中，卻像是道別。

「我們再下去。」她回頭朝夏司宇說道，鼻子忽然一酸，眼淚潸潸的流了下來，「求求你了，他們留在那裡會死的！」

夏司宇環手坐在位子上，眉頭緊皺，薄唇抿著剛硬的弧度，不置可否。

隨著距離拉開，孟景涵的身影愈來愈小，只隱隱約約看得見拇指大小的黑影。

「別任性，已經來不及了。」一旁傳來夏司宇淡淡的語氣。

別任性，三個字重重捶在心頭。貝雅瑜臉色蒼白，她何嘗不明白自己一直都在任性？任性的和孟景涵在一起，又任性的讓他來陪伴她，最後，還是任性的想做些什麼來挽救。

自己簡直糟透了。

♯

是清晨。

樹影婆娑的秀立在馬路兩旁，上頭天空的雲朵層層堆疊，如白花錦緞，加之陽光傾斜而下，實在美而炫目，在麻雀的叫聲與焦躁的蟬鳴掀起了一道全然嶄新的序幕。

貝雅瑜一頭長髮披肩，睫毛在眼簾下投下淡淡的陰影，滿腹都是愁緒。

那日一下了直昇機，她便被載到這陌生的城市，夏司宇眉宇間籠罩著些疲憊，仍是相當有耐心的將她領進這房內。貝雅瑜哭得呼吸紊亂，夏司宇低眸看著她，忽然伸手輕拍了下她頭，俯下身與她平視道「我不喜歡妳這樣」。

面對貝雅瑜種種發問，夏司宇總安撫道「沒事，別擔心」。知道他不想要她再去多想，甚至忘記這件事情會更好，但貝雅瑜怎可能靜得下心來——怎麼可能有辦法好好的思考？

之後的日子裡，夏司宇請了醫生過來，她的傷好轉了很多，一直都是衣食無憂的被關在房裡，但其實，這一切和軟禁無異。

她很想他，想得快瘋了，一闔上雙眼，就看見他渾身是血的佇立在一片草地，仰頭朝她微笑的模樣。

這天貝雅瑜一早才剛醒便聽見一縷熟悉的歌聲，趕緊下床去開窗戶。

定睛一看，心情又跌進谷底。一台車子停靠在路旁，車窗拉下，是名壯年男子坐在裡面聽收音機，播放的正是輕歌的曲目，音質不是非常好，隱隱透著一些沙沙的電流聲。

輕歌，貝雅瑜想，淑人君子，關於他的一點一滴都鮮明的刻劃在心版上，似詩行般清幽美麗，那麼善良的男人，又怎麼讓人捨得丟下？

她靜靜的靠在牆壁上聽著，心中不自覺的難過起來，一分一秒都煎熬，很不願意這麼坐以待斃。

過了良久，她餘光瞥見抽屜上擺放的東西，悄悄的拾起，竟是一枚耳塞式通話器，一股念頭忽然從心底深處升起。

開鎖聲忽然從門口傳來，是夏司宇走了進來，貝雅瑜不動聲色的將它收進口袋。

「嚇到妳了？」夏司宇把手中拎著的早餐放到桌上，道，「吃些東西。」

是饅頭和一杯豆漿。貝雅瑜沉默，實在沒什麼食慾。

夏司宇看她一直都沒什麼精神的樣子，心情似乎也不太好，修長的手指輕輕點了下桌沿，口吻溫和：「我叫惜晴過來陪陪妳？」

原本以為他隨口說說，下午的時候，孟惜晴真的來了。

關於孟景涵的事情，她果然什麼都不知道，剛進門的時候，便開心的奔來緊緊抱住貝雅瑜，口中喊：「好久不見！」

貝雅瑜見到她歡喜的容顏，一時也不忍心坦白告訴她關於孟景涵的事，心想也或許便是因為如此，夏司宇才放心讓孟惜晴過來。

這種懷舊的氣氛讓貝雅瑜憶起了從前，又總覺得哪裡不一樣了，只得勉強笑笑回道：「好久不見。」

卻沒想到當夏司宇離開時，孟惜晴忽然安靜了下來，良久良久，抬起頭來時，雙眼通紅，淚水一下子流了下來，語氣哽咽：「我哥哥是不是遇險了？」

耳邊嗡嗡一響，貝雅瑜愣在原地。

「司宇過來找過我哥哥，他們的談話我都有聽見。」她說起那天晚上的事情，把原委都一一說清。

聽著她的話語，貝雅瑜愈來愈覺得事情不對勁，自始自終都覺得不明白，但其實心中隱隱有臆測出一點端倪，只是不敢去面對。

——這一切是夏司宇和孟景涵私下策劃好的。

孟景涵事前就知道自己逃不過整個幫派，但其實，他的目的卻不是和貝雅瑜一起安然無恙，而是拖延時間讓夏司宇過來。

在緊要關頭下，即使會被發現，孟景涵還是執意要她在洞穴裡待久些，他則在外頭先奮鬥一番，而夏司宇過來的時候，琴潔明知毫無勝算，卻還招搖的掃射，吸引了無數敵人的目光，以至於讓夏司宇有可乘之機。

琴潔又是夏司宇的手下，之前策劃好也是很自然的事。

「昨天我收到這封信。」孟惜晴從懷中拿出一張薄薄的紙，神色困擾的皺起眉。

白紙黑字，上面寫了「十五日拿貝雅瑜換」，之後又附上一串鮮明的地址，字跡整齊卻透著一股蒼勁淋漓，貝雅瑜感到無比熟悉，顯然裘冠博並沒有要隱瞞身分的意思。

貝雅瑜想起剛才的耳塞式通話器，看著孟惜晴清秀的五官，許久許久後，對於自己的決定愈來愈堅定。

她不能再半途而廢了。

#

一出門，狂風迎面劈來，她不顧一切的向前直奔，四周景物正迅速的倒退消逝。

一道男音從耳機上傳來，「過這條街後左轉。」

貝雅瑜和孟惜情在當天就達成了共識，因為被夏司宇監視的關係無法去赴約，孟惜情另請了警方一同協助。

警方起初面對這件事態度有些含糊，但正好在前幾天那辦公室搶劫犯逃獄，實在太過巧合；知情的長官知道事情嚴重性，趕快封閉了訊息，指派信任的菁英協助，避免洪華幫內的人混入。

這是相當好的消息。

貝雅瑜快步走過了大道，不動聲色的壓低鴨舌帽。

轉角的男子戴著一副墨鏡，側臉有些剛硬。他看見貝雅瑜走過，面目因帽子模糊不清，只能見到些許陰影。

「老大。」男子把手機貼在耳邊，目光銳利的看著貝雅瑜消瘦的背影，「她正在路上，身邊沒有人。」

到達目的地的時候，貝雅瑜恍然發覺已經緊張得捏出一手冷汗，耳機上傳來一道聲音：「別緊張，便衣警察都離妳不遠。」

他們卻不明白她的心情。貝雅瑜想起孟景涵，心想不知道他有沒有怎麼樣、又會以什麼形式來和自己見面？想起離開前琴潔被眾槍射擊，心中不由得愈來愈緊繃，如果他也遭遇不測……她心神一凜，將思緒拋開。

身前是一座龐大的鐵皮屋，門上沒有落鎖，她手剛推，老舊的門便發出沉重刺耳的聲音，緩緩而開。

裡面一片空蕩蕩的。

她臉色澈底沉凝下來，一步步踱進，清脆的腳步聲迴盪在空間裡是那麼的寂寥。

此時，她的影子被拉得愈來愈長，「碰」的一聲響，身後的門忽然關起，周遭頓時陷入了一片黑暗。

耳機裡響起了一些電流聲雜音，窸窸窣窣的，然後很快的斷訊。她心中一冷，前方有一道腳步聲徐徐逼近，之後便聽見裘冠博的嗓音：「妳果然來了。」

黑暗中貝雅瑜根本無法看見他，只能依照聲音判別出在後方不遠處。

他的手霍然伸了過來，從貝雅瑜的腰部滑到背後，摩挲幾下，像在檢查，貝雅瑜不敢妄動。很快的他又探上去把通話器拔出：「就戴了這個？」

裘冠博走遠了些，「喀」的一聲響，滿室猛然都亮了起來。他穿著一件白色襯衫與黑西褲，眼睛微瞇，臉上笑意淺淺，一手不羈的插在口袋，另一手則把玩著那細小的通話器。

他身旁站著裘媽媽，穿著一襲亮眼的鮮紅色，目光有些玩味。

「夏司宇給妳的？」裘冠博看了眼手中的通話器。

貝雅瑜心情沉了下去，緊抿著唇，猶豫了許久，才道：「你們讓孟景涵回去，做什麼事情我都願意。」

「我剛好也有很多事情要妳幫忙。」裘媽媽莞爾一笑，道：「條件我答應了。」

鐵鍊的刷刷聲自遠而近的傳來，貝雅瑜隨著時間一點一滴緊繃，看見來人，心跳都已經提到嗓子眼了。

孟景涵身旁守了兩個人，他衣服未換，裡面傷口已經浸紅了大半件衣裳，原本清俊的面孔上神色鬱卒，下巴長出些許鬍渣，抬起垂下的頭，那目光深到令人喘不過氣。

裘冠博拿槍身拍了拍他的肩，又打趣地朝貝雅瑜說：「算妳來的即時，再晚些這人可能就站不起來了。」貝雅瑜心中怒火升騰。

活著已是萬幸，她這麼安慰自己。

裘媽媽走到貝雅瑜面前遞出一紙一筆，笑笑說：「我要妳做的只是寫篇遺書。記住，這是要給妳爸爸的。」

貝雅瑜知道貝爸爸的所作所為，也明白裘媽媽是想以此增加報復的快感。她緊握著筆桿，只覺得時間過的漫長。

留下遺言過後，她的命運自己明白。

過了許久許久，最終，她在這封「遺書」內寫的是心裡話，都在表示以前對貝爸爸的敬重，還有對於貝爸爸性侵過裘媽媽的事情感到震驚、失望與深深不齒。

裘媽媽接過遺書來看，眉頭舒展開來，顯然頗滿意的：「好，辛苦妳了。」

如果說要放過孟景涵都是假的呢？貝雅瑜臉色一沉，突然伸手奪過了紙張，一旁手下見狀在她腳邊響亮的開了兩槍。

砰砰——

貝雅瑜壓下了心中湧上的恐懼，一抬頭，卻看見孟景涵的目光掃向遺書，又看回她的臉。是要她住手。

貝雅瑜一頓，雖然知道後果不堪設想，但緊要關頭下沒有時間，她將遺書用力一扯，嘶的一聲，它便斷成了兩半。

「妳是想要反悔嗎！」裘媽媽拔高音調，一下子生氣了。

突然「轟」一大聲響，紅色的煙霧猛然竄了出來，像火舌一樣鮮明的不斷擴散，佔據了整個眼前。還沒回過神，裘媽媽尖聲喊道：「把貝雅瑜殺了！」

在這片迷濛的煙霧中，裘冠博隱隱看見了她的身影，不假思索的舉起手開了一槍。

貝雅瑜被打中，後座力強到腳站不住，向後直直摔倒在地，一陣劇痛從胸口處傳來，全身的力氣都從四肢百骸抽空，鑽心的疼讓呼吸急促。

「哈哈，哈哈——」裘媽媽尖銳的笑聲傳來，「裘冠博，你殺了自己的姊姊啊！」

煙霧逐漸消退，在地上留下厚厚的一層粉，十幾來人忽然從門口一擁而進，一陣掃射。裘冠博的手下一下子也提槍反擊，來人卻愈來愈多，他們便一個接一個的死了，屍體靜靜的倒在地上，到處都是鮮血，與地板煙霧彈的粉末融合在一起！

情勢轉順逆轉。

闖進的人們都穿著筆挺的服裝，幾個人提著槍將裘媽媽雙手反剪在後上手銬，裘媽媽卻根本不在意，瘋癲了似的一直喊：「你殺了自己的姊姊！」

裘冠博手臂上中了一槍，正疼得蜷縮在地上，眼神呆滯的看著腳邊的貝雅瑜，她膚色蒼白到令人恍惚，五官緊緊皺著，胸口處的鮮血不斷的流出，染紅了整片地板。

……姊姊？

眼前忽然浮現出很多景象，比如說之前被他凌虐的時候，她狼狽的咬緊乾裂的下唇，不肯說話；又比如說之前分手前的那一刻，貝雅瑜正笑著遞給他一袋東西，笑意溫和：「剛才順路買的滷味，不知道合不合你的胃口」那口吻語氣關切卻有點無奈，讓他當時感到十分反感。

多麼久以前的事情了啊。

裘媽媽見狀又笑道：「你是貝承澤那死男人的私生兒，他自從被我投毒以後，他、他就沒辦法生育，一直都想要男孩子！」她喘了幾口氣，冷冷的又笑了，「當初有把你生下來，就是為了看到這幅景象啊，不知道貝承澤知道了會作何感想？想想就覺得痛快！」

裘冠博無法想像自己的父親，竟然是他一生贈恨的仇人。裘冠博看著貝雅瑜的容顏，眼前忽然模糊了起來，隱隱約約只見到幾名警察朝自己走來，趕緊掙扎著爬起，手指用力搆到前面的槍身，閉著眼便對準腦門！

——砰。

他只覺得雙眼一黑，身軀癱倒。

在最後一刻，只來得及看見孟景涵將貝雅瑜攬腰抱起，他因重傷而步伐蹣跚，一步接著一步，兩人沉寂的背影交疊在一起，滿地的血分不清是誰的，蜿蜿蜒蜒的聚成一汪。

對不起。在最後一刻，他還在心中不斷的重複同一句話。

姐姐，對不起，還有謝謝妳。

♯

烏雲密布，夕陽西下的傍晚時分，晚霞像火一樣鮮紅，紛紛揚揚的毛毛雨漫天追逐，不著痕跡的在地上留下一抹不起眼的濕潤。

「這樣就行了。」對講機裡傳出的是道沉穩的男音。

指揮官深深的與警員對視一眼，才開口：「雖然這次有你的功勞，但擅自佈局這一切，沒有跟警方溝通，還讓貝小姐陷入危險……」

那人沉默，男人打斷他的話道：「搶救好貝雅瑜就行。」

「貝小姐的傷恐怕——」

「照我的話去做。」是命令語氣。

頓了頓，之後傳來的是他淺淺冷笑的聲音，通過對講機顯得沙沙的有些模糊：「否則別怪我對警方動手。」

指揮官一皺眉，只聽見「刷」的一聲，是打火機，對方似乎正在抽煙。

這人，真的很傲慢。自導自演一番，讓貝雅瑜以為有警方協助，其實那些之後趕來的人手，都是這男人擅自派來的，只是在最後才打了通電話報警。指揮官匆匆趕來時，到處都已是救護車，雖然知道自己是被人利用了，卻無計可施。

♯

現在醫院內，空間全都是刺鼻的消毒水味。

孟景涵身影佇立在冰冷大理石地上，孤寂沉鬱，空間彷彿靜止了般，耳邊別人的規勸聲模糊不清，只能遠遠看著醫生護士白色的身影的簇擁下，貝雅瑜鮮紅的身影被匆忙推入了急救室，門很快的被關起，發出了沉重的悶響。

「先生，您也快點進去，這傷不能拖了！」護士們看見滿地的血，都忍不住紅了雙眼。

♯

貝雅瑜只覺得渾身輕飄飄的，兒時模糊的記憶像跑馬燈重複播放。

嬉鬧聲似乎還在耳邊未散，雲霧格外迷離，學校的風景逐漸浮現在眼前。少年當時環手半倚在樹下閉目養神，四周充斥著無盡的喧嘩。

原來這麼早就見過面了，怎就忘了？

當時的貝雅瑜有著一張稚氣未脫的臉蛋，鼻尖冒著一層薄汗，儘管天氣如此炎熱，她仍掛著大大的笑容。

在母親還沒過世的時候，她內心也曾充滿了溫暖。

「真心話大冒險！」身旁的同學一笑，「瑜瑜，妳要真心話，還是大冒險？」

「大冒險。」貝雅瑜不假思索的回答。

同學們一陣騷動，有人說道：「每次都天不怕地不怕的選大冒險，這次一定要派她做更難的任務！」

話一說完，眾人一陣騷動與附和。

孟景涵當時和她們並不認識，但那些同學主意卻打到他身上來了。

——去和那邊樹下的學長告白吧！

孟景涵聞言睜開眼，淡瞥了眼貝雅瑜。

結果，她還真說話算話，下課的時候跑來找他告白。

「學長。」貝雅瑜手上捏著一張紙讀著，「親愛的學長，雖然我不知道你叫什麼名字，但我喜歡你很久了……」

她的聲音很好聽，清清脆脆，卻故意放慢了，唸的非常死板。最後還是很不好意思地笑了，坦承說，「抱歉啦學長，這是真心話大冒險。」幾個同學知道玩有點大了，匆匆忙忙的圍上來把她帶走。

那時的貝雅瑜還小，個性帶著一些俏皮，並不認識孟景涵。從同學口中，她只得知這學長是打跆拳道的，準備去選國手，可惜前陣子因車禍腿受傷，所以不能參加比賽了。

不久之後，正是孟景涵畢業的那天，他站在講台上，老師憐憫的目光落在他腿上，同學竊竊私語，也都是充滿惋惜或幸災樂禍的對話。

學弟妹們在下面聚在一起唱離別歌，貝雅瑜長得漂亮，聲音也不錯，就被選為代表獨唱。她顯然很緊張，握著麥克風，生硬的唱著歌。

她面前正好站著孟景涵。

他靜靜的看著她，而她同樣也望著他，從那忐忑的臉上擠出一點笑來。

直到一曲結束，雖稱不上非常好聽，但至少有驚無險的落幕了。由於天氣炎熱，她白皙的額頭上帶著薄汗，雙眼依舊晶亮。

掌聲過後，她靦腆的笑了，嗓音響徹室內：「學長學姊們，雖然你們即將要告別這段難忘的時光，但希望以後的路上，永遠都不要忘記加油哦！」

她搔了搔頭，低聲補一句：「不喜歡這段時光的人，同樣要加油。」這段話講得太小聲，沒有人聽見。

她是無意間對孟景涵說的，而他也察覺出來了。

下了台，同學們一湧而上，都在誇她。

孟景涵目送她的背影離開。一直以來，他聽慣人家說「沒關係」或者「我懂你的痛苦，但不要氣餒」。可這幾人中，「感同身受」這句話都是口頭上的安慰罷了。

經過了時光流逝，孟景涵才發現，這些話都遠遠不如一句「加油」的力量。

此時貝雅瑜當上了老師，個性變得溫婉禮貌。

第一次聽見明德樓上的歌聲時，她只以為是名對音樂抱有濃厚興趣的人在唱；而在校外露營時，貝雅瑜才得知他的名字是孟景涵。

景物又瞬間跳轉，學校的樓梯口就在眼前，天色染著一圈圈胭脂般的薄媚，剪剪清風輕拂而過，引得樹葉摩擦出沙沙的聲響。

男子正一步步走下來，走廊上的彩霞映在他的臉上，眉目線條流暢，透著一股清雋的薄涼，頭髮被照得帶有栗色。

他不著痕跡的瞥她一眼。

雖然冷硬，但她未曾發現，這眼神裡透著太多太多說不出口的溫柔。

也不知道是什麼原因，讓孟景涵成為一位有溫柔情懷的人。

可能是他心中還有一段難忘的時光。

可能是看見貝雅瑜的人生陷入低谷、將一切的心事藏在心裡的模樣，才忍不住伸出援手。

也可能沒有任何原因，只是單單遇見貝雅瑜，他就自願將餘生都獻給她。

＃

嗶、嗶、嗶。

耳邊模糊的傳來機器小聲而規律的聲音，貝雅瑜猛然睜開眼，入眼的是一片潔白的天花板。

孟景涵坐在床邊，低垂著眼簾，肌膚在燈光的照射下很白皙，他嘴唇輕輕的抿著，眼下有著淡青色的陰影，修長的手緊緊的握著她的。似乎察覺到貝雅瑜的目光，忽然眼睫一顫，緩慢睜開眼，明顯一愣。

「妳醒了。」

他的聲音竟在發顫，傾身將她摟進懷中。貝雅瑜感受到他懷抱溫暖，恍然的抬眼看他清俊的面孔，思緒一時有些轉不過來。

「嗑啦」的開門聲，一名護士捧著花進來說：「上面沒有寫署名，送來的花店老闆說是給患者……」然後說話猛然一頓，她看見床上的貝雅瑜，護士雙手一震，「患者醒了！」

那束花沒有拿穩的滑到地上，小卡片跟著飄落，上面分明的寫著「願妳往後平安喜樂」的祝福語。

匆忙中並沒有人察覺，只有護士和醫生接踵而來，急促的步伐響滿了整間病房。

【正文完】

番外篇：有你左右

早晨曙光乍現，鳥兒鳴叫聲四起，讓人心曠神怡。

貝雅瑜剛從浴室出來，一低頭，眼神複雜地望著驗孕棒上兩條紅槓槓。她說不出心中的感覺，又是欣喜、又是害怕、又是期待，種種情緒排山倒海而來。

最重要的是——孟景涵知道了後，會有什麼反應？

她默默紅了耳根。眼前的男人半躺於潔白的床鋪上，姿態一派慵懶。

他身上不著寸縷，卻格外坦蕩，一雙漆黑似墨的雙眼安靜的望了過來，帶著柔和的笑意，用著低啞的嗓說：「過來，讓我抱抱。」

貝雅瑜覺得他真是過得越來越自然了，明明沒穿衣服的人是他，害躁的卻是別人。

心中雖怨念不已，卻沒抱怨，走過去摟住他精瘦的腰。

貝雅瑜很享受這段時光，安寧柔軟得不可思議。一起賴在床上，似乎也變成一種風情。

當她眼皮越來越重，直到要陷入沉睡，卻感受到他的大掌在她的背後摩挲了幾下，輕輕下滑至腰部……貝雅瑜忙抓住他的手：「別鬧了，等等還要上班。」

他似乎輕笑了下。

兩人吃過早餐，出門時，貝雅瑜走到他身前。孟景涵彎腰與她平視，讓她雙手繞到後頸，替他打領帶。她被他灼熱的視線與氣息搞得手指發顫，都無法好好專心了，才抬眼嚴肅的瞪了眼。

他並不在意。好不容易打完領帶，他又向前在她唇上輕啄了一口。

孟景涵牽著她一起出門，她回頭，看見牆上的婚紗照，終於忍受不住笑了。

結婚一年了，簡直幸福到不可思議，像場夢境一樣。

兩人上車以後，他把她載到學校去。一路上開的很穩，貝雅瑜又小憩片刻，之後被手機鈴聲吵醒。

她看了眼手機，接通：「惜晴。」

孟惜晴的聲音一如既往的充滿活力，劈頭就喊：「嫂子早！」

「早。」貝雅瑜回答，望了眼窗外倒退的街景：「妳在哪裡，要景涵去接妳嗎？」

「哪裡敢啊。」她嘀咕一句。

之後兩人又聊了一會兒，約在明天，說好要一起吃頓飯。很快地就到學校了，貝雅瑜手剛搆到門把，修長的手卻先映入眼簾，他輕輕握住她的手，提醒：「離別吻。」

外面許多學生經過，還不時投來視線。她有些不好意思，卻知道如果不照辦，恐怕不需要下車了，只好飛快的湊過去，在他唇上親了下。

之後還是沒被輕易放過。

今天上課的時候，她有些心神不寧，滿腦子都是他的身影。貝雅瑜忍不住敲了敲自己額頭，逼自己專心上課。

終於熬到短暫的二十分鐘下課，貝雅瑜回到辦公室，幾名同事就同時望了過來，原本嘰嘰喳喳的忽然陷入沉默。

他們眼神的有些飄忽，貝雅瑜一皺眉，問：「怎麼了？」

女同事一臉春心蕩漾：「貝老師對不起，我們不是故意要討論妳老公的。」

貝雅瑜抿抿唇，等著下文。

另一名同事說：「今天她們搜到輕歌的新曲子，又重新想起當年孟先生當著全校的面，給妳下跪求婚的勝景……所以又少女心蕩漾了。」

第三名女同事趕緊打斷：「我們隨口說說而已，今天早上我還親眼看見孟先生和貝老師在車內舌吻呢，怎麼敢肖想？祝福，都祝福！」

他們訕訕的笑了，紛紛化鳥獸飛散。

貝雅瑜長嘆了口氣，摸了摸滾燙的雙頰，剛才臉差點掛不住。

「別太在意，她們都喜歡這樣鬧妳，在開玩笑呢。」一道嗓音傳來。

她順著望過去，那辦公桌上擺著「主任」二字，坐在那位子上的人，卻不是夏司宇了。

蕭主任，新來的主任。夏司宇早在兩年前就消失了蹤跡，當時還有好幾波警察過來逮捕他，都沒有成功。

貝雅瑜想到他，雙眼不禁開始泛酸起來了。她的記憶似乎還停留在某個剎那，當時如清風般溫和的男人，每天都會坐在這個位子上，淺淺笑著說話。

下班的時候，她買了便當去找孟景涵。他還在錄音，整天下來，肯定累壞了。

當她推開錄音室的門，孟景涵身體倚著牆，手上捏著一瓶水。室內還播放著剛才錄的一段曲子，他的嗓音輕透乾淨、不帶有一絲雜質。

他低眸朝封子奕交談幾句，之後走了過來。

貝雅瑜看見他笑著張開雙臂，便衝過去抱他。兩人相擁了許久，她蹭了蹭他的胸膛，滿懷期待的抬頭看他：「景涵，我有話要跟你說。」

他輕揉她的後腦，之後百般寵溺的順了順長髮，應了聲：「嗯？」

她不知不覺間，眉梢嘴角都染上笑：「我好像懷孕了。」

孟景涵抱著她的力勁明顯大了許多，之後怕她疼，才鬆開了些。他低頭問：「是真的嗎？」

貝雅瑜忙不迭點頭。

他明顯的笑出聲，一旁的封子奕都嚇了一跳，望過去，只見他難得笑得開懷，眉目如畫。

「謝謝妳。」他嘴角一勾，又說：「我很開心。」真不可思議。

他是那黑暗中皎潔無瑕的光輝，照亮一切陰霾，貝雅瑜心想，無論以前經歷過什麼，或者未來該經歷什麼，都不值得一提了。

【番外：有你左右　完】

番外篇：有緣無份

孟惜晴一直覺得，自己與夏司宇的緣分真的非常奇妙。

她今天陪著貝雅瑜去掃墓，瞧著孟景涵與她相依的背影，心中替他們感到開心。至少，有人得到了幸福，即使自己不是那幸運人選。

她有些愣神的望著石碑，下面是貝雅瑜的父親。她依稀記得，當時貝雅瑜經歷過那腥風血雨，身體受了不少影響，常常有副作用，但貝爸爸也好不到哪裡去。

父女倆人最後一次見面，是在醫院。貝爸爸躺在病床上，臉色灰敗，像個奄奄一息的植物人，連眼珠子也不轉一下。

孟惜晴曾問過貝雅瑜：為何還要幫他這種人善後？那時的她好像也說不出個所以然來。

可能終究還是她父親吧，就像孟惜晴也說不出為何，明知道夏司宇並不似表面上的親和溫柔，卻仍無法輕易放下他。

他終究是她的心頭肉，半點也割捨不了。

#

「我說啊。」孟惜晴牽著夏司宇的手，抬頭笑得燦爛：「你喜歡吃什麼？我帶你去吃。」

那時的她長長的頭髮扎成高馬尾，臉頰圓潤，皮膚嫩得彷彿能夠掐出水來，連說話都嗲聲嗲氣的。

「不去了，我約好跟同學打球。」夏司宇回答。

孟惜晴心情瞬間跌落谷底，難受起來。其實她昨天便聽見父母在討論著要把她送出國留學，但想到要她離開家鄉、離開家人、離開夏司宇，孟惜晴就完全不能夠接受。

「你就當作是陪我，不行嗎？」她又求情。

「我跟別人約定好的事，不能反悔的，所以對不起了。」夏司宇扯出無奈的笑，輕拍了拍她的肩膀：「以後有機會再一起去。」

孟惜晴已經忘了當時怎麼惱羞成怒的。她氣呼呼的回到家，卻發現自己忘了帶鑰匙，腦中一片空白，一慌之下，就哭了出來。

好像是鄰居見她可憐，開了門借她電話打給家人。孟惜晴努力想了想，父母都在工作、哥哥在補習班，他們都抽不開身，就夏司宇最閒了，還有閒情逸致打球！思及此，火氣又上來了，嘟起嘴打給他。

夏司宇其實欺騙了她，根本沒有打球這件事。幽暗的小巷子裡，少年手指間夾著根煙，一點紅光微微閃爍著。

手機響了起來，他不耐煩的皺起眉，沒有去接聽。孟惜晴卻不依不饒，反覆的撥著。

他長嘆了口氣，緩和那股躁動，才接通。

「夏司宇，你個死沒良心的，都半個小時了才接。」孟惜晴哭腔著說：「我忘了帶鑰匙，被關在門外啦！」

夏司宇抬手頭疼的揉了揉眉心。

之後才是讓孟惜晴最難忘的：夏司宇像個英雄一般，從夕陽那頭的街道上走來。

「怎麼這麼粗心？」他無可奈何，抬眼往樓上看，那牆壁不是特別高。他又說：「這時候要打給家人，不是我，我又沒有鑰匙。」

孟惜晴軟呼呼的應了聲「對不起」，心中卻有隻小惡魔叉腰想著：我們都沒有鑰匙，那你就不得不陪我了吧，哇哈哈！

之後他蹲下身，要她踩到他肩上，孟惜晴深怕會踩髒他的衣服，彆扭了許久才默許。等站穩了，他忽然將她向上一送，孟惜晴伸直手，好不容易才抓到牆壁。

兩個人費了好一番功夫才進了家門，特別是孟惜晴，搞得灰頭土臉的，像隻小花貓。夏司宇忍不住笑了。

她見狀氣急敗壞，上前揪住他的衣領，忽然「咦」了聲，脫口而出：「你身上怎麼有煙味？」

夏司宇身體明顯一僵。孟惜晴瞇起眼，威脅：「你根本沒有去打球，而是去吃烤肉了對不對？」

見他沒有說話，孟惜晴嘴巴一癟：「明明說了要請你吃飯，我們一起去吃烤肉，不行嗎？」

多年以後的孟惜晴，回想當初的點點滴滴，除了滿腔的酸澀，還找出了許多的矛盾點。

她不知道自己出國留學後，他身上發生了些什麼事，卻知道在自己還沒離開之前，他就已經掉入了某個深淵裡。

但夏司宇從未後悔過，因為他抉擇了這條路，才有了守護自己心愛的人的能力。

孟惜晴今年已經二十八歲了，從事翻譯工作，有著穩定的工資。剛下了班，她急急忙忙的招了車，前往孟夫婦的家。

貝雅瑜懷孕了，肚子大了不少，氣色不怎麼好，這讓孟惜晴有些惶惶不安，此時，她感受到肩膀被拍了下。貝雅瑜笑著說：「妳果然一點也沒變，隨時都戰戰兢兢的。」

孟惜晴呆了半晌，才明白自己小題大作了。

感覺一點也沒變，其實變了很多。

「寶寶要平安哦！」孟惜晴笑著揮別：「約會時間到，本小姐要去奮鬥了！」

「路上小心。」貝雅瑜笑說。

之後，她一人回到那古老的家。裡面住著的人她並不認識，只知道這個家賣給他們了，現在裡面承載著某個幸福的家庭。

物是人非。

孟惜晴願意傾盡一生去珍惜每段溫暖的時光。夏司宇，他就是晴天上的驕陽，高不可攀，卻時時刻刻照映在她的心中。

孟惜晴、夏司宇。

她此時心心念念的他，終究還是想著別人吧？

【番外：有緣無份　完】

番外篇：心心念念

他本來以為自己能夠輕易的放下一切，卻忘了她就是毒藥，不經意上了癮，就再也不願意走了。她總是在孤獨的時候，悄悄降臨，站得如此遙不可及。

夏司宇伸出修長的手指，輕撫過玻璃，將厚塵抹去，露出後面的相片。

當時照相的時候，貝雅瑜笑得開懷，就站在他身邊，沒發現他正虛攬著、低著頭看她。

那肩膀白皙纖瘦，有些溫度，特別的讓人愛不釋手。

或許就是那份留戀忘返，讓他一直甘願淪陷下去。

但貝雅瑜喜歡的不是他。

他當時就想，如果孟景涵死於裘冠博手下，那以後不管貝雅瑜的意願，一定要將她牢牢的禁錮在懷中，再也不讓她逃離。

偏偏她這段時間內，成天待在那窗角下方，不是望著外面，就是雙手抱膝，沉睡在冰冷的地上。

夏司宇才明白自己喜歡上的，是她那天在蔚藍天空下，天橋上，朝他勾起的那抹笑容，宛若冰冷的雪地裡綻放的一朵夏花。

而之後的事情，全依照著夏司宇的意思發展。

讓孟惜晴陪著貝雅瑜，讓她們都以為是警方在協助，再安排人手，合力救出孟景涵。

扔在垃圾桶內的相片，是那以為早已放下執念，如今他卻孤獨一人，將那從未能丟乾淨的執念撿回來。

他低頭靜靜的看著被塵封的相片，忍不扯唇笑了。

雅瑜，最近我一直在想：不知未來在妳的記憶裡，還會不會有我的存在？

曾經，我還是夏主任，妳還是貝老師，這些時光不知不覺間，原來已經走得這麼遙遠了。

隨著時時日日、年年月月，今生都是如此——妳在我的腦海裡，容顏仍清晰如昨日。

♯

「嫂子，我先走一步了！」

孟惜晴嗓音清亮，一頭長髮披散在肩，五官成熟了些許，少了稚氣，帶上幾分女人的韻味。

她身後的門大敞著，貝雅瑜就倚在門框邊，笑得溫婉好看。

「哎！就說不用特地送我出來了嘛，多麻煩妳啊……」孟惜晴見她出來，有些不滿的嘛嘴，雙眼卻帶著明亮的笑意。

「上班別太累了，知道嗎？」貝雅瑜伸手，將她的長髮捋到耳後：「路上小心。」

目送走了孟惜晴，貝雅瑜正想轉身進房，手機卻響了起來。

她見來電人，眉梢嘴角染上一股溫暖：「景涵？」

親暱的稱呼。

男人佇立在隔壁處的街角旁，心口卻有些疼。

夏司宇想，她現在臉上的這種笑容，並不是自己當時喜歡上的。

貝雅瑜從來沒有對他露出這種表情過，然而夏司宇遠遠的望著她，卻怎麼也討厭不起來。

喜歡，還是喜歡得無法自拔。

夏司宇這一生為了權利，鐵血無情，雙手奪走了無數條性命。

他想，或許就是因為如此，上天要他學會溫柔，再讓他嚐遍求而不得的滋味。

時光終究荏苒了行雲遺聲，他只能繼續行走在黑暗中，渴望著總有一日，旭日初昇，妳就佇立在伸手可及之處，晶亮的雙眼映著的全都是自己的模樣。

其實，夏司宇很久以前就學會了溫柔，只是這份溫柔，就是那天送去病房的花，被摔落在地，雖沒有人注目，卻依然存在。

【番外：心心念念　完】

要青春37　PG1978

要有光 FIAT LUX　**聽你歲月如輕歌**

作　　者	佐　緒
責任編輯	林昕平
圖文排版	周妤靜
封面設計	蔡瑋筠

出版策劃	要有光
發 行 人	宋政坤
法律顧問	毛國樑　律師
印製發行	秀威資訊科技股份有限公司 114台北市內湖區瑞光路76巷65號1樓 電話：+886-2-2796-3638　傳真：+886-2-2796-1377 http://www.showwe.com.tw
劃撥帳號	19563868　戶名：秀威資訊科技股份有限公司 讀者服務信箱：service@showwe.com.tw
展售門市	國家書店（松江門市） 104台北市中山區松江路209號1樓 電話：+886-2-2518-0207　傳真：+886-2-2518-0778
網路訂購	秀威網路書店：https://store.showwe.tw 國家網路書店：https://www.govbooks.com.tw
總 經 銷	聯合發行股份有限公司 231新北市新店區寶橋路235巷6弄6號4F 電話：+886-2-2917-8022　傳真：+886-2-2915-6275

出版日期	2018年9月　BOD一版
定　　價	290元

Printed in Taiwan

國家圖書館出版品預行編目

聽你歲月如輕歌 / 佐緒著. -- 一版. -- 臺北市 :
要有光, 2018.09
面 ;　公分. -- (要青春 ; 37)
BOD版
ISBN 978-986-96693-2-0(平裝)

857.7　　107011587

讀者回函卡

感謝您購買本書，為提升服務品質，請填妥以下資料，將讀者回函卡直接寄回或傳真本公司，收到您的寶貴意見後，我們會收藏記錄及檢討，謝謝！

如您需要了解本公司最新出版書目、購書優惠或企劃活動，歡迎您上網查詢或下載相關資料：http:// www.showwe.com.tw

您購買的書名：________________________________

出生日期：________年________月________日

學歷：□高中（含）以下　□大專　□研究所（含）以上

職業：□製造業　□金融業　□資訊業　□軍警　□傳播業　□自由業

□服務業　□公務員　□教職　□學生　□家管　□其它______

購書地點：□網路書店　□實體書店　□書展　□郵購　□贈閱　□其他

您從何得知本書的消息？

□網路書店　□實體書店　□網路搜尋　□電子報　□書訊　□雜誌

□傳播媒體　□親友推薦　□網站推薦　□部落格　□其他__________

您對本書的評價：（請填代號　1.非常滿意　2.滿意　3.尚可　4.再改進）

封面設計____　版面編排____　內容____　文／譯筆____　價格____

讀完書後您覺得：

□很有收穫　□有收穫　□收穫不多　□沒收穫

對我們的建議：________________________________

____

____

____

請貼
郵票

11466
台北市內湖區瑞光路 76 巷 65 號 1 樓
秀威資訊科技股份有限公司 收
BOD 數位出版事業部

（請沿線對折寄回，謝謝！）

姓　　名：＿＿＿＿＿＿＿＿　年齡：＿＿＿＿　性別：□女　□男

郵遞區號：□□□□□

地　　址：＿＿＿＿＿＿＿＿＿＿＿＿＿＿＿＿

聯絡電話：(日)＿＿＿＿＿＿＿＿(夜)＿＿＿＿＿＿＿＿

E-mail：＿＿＿＿＿＿＿＿＿＿＿＿＿＿＿＿